JN110843

東京湾臨海署安積班

暮鐘

ぼしょう

今野敏

角川春樹事務所

目次

装画　星野勝之

装幀　荻窪裕司

暮鐘

東京湾臨海署安積班

公務

1

「先日の課内会議で私が言ったことを、聞いていなかったようだな。居眠りでもしていたのか」

課長室に呼ばれた安積剛志強行犯第一係長は、榊原課長からそう言われた。

「先日の会議……？　何のことでしょう」

「残業を減らせという話だ」

「もちろん、聞いていました」

「聞いていただけじゃだめなんだよ。ちゃんと指示に従わないと……」

榊原課長の表情は険しい。いつも苦労を背負い込んでいるような顔をしているが、今日はひときわ表情に出ている。

「係員に、できるだけ定時で帰るように言えということでしたね」

「そうだ」

「係員には伝えました」

榊原課長は小さく舌打ちした。

「伝えるだけじゃだめなんだ。実行させなきゃ……」

「努力します」

「結果を出してくれよ。相楽を見習え」

相楽啓は、強行犯第二係長だ。安積は思わず聞き返した。

「相楽ですか……」

「ああ。第二係は、しっかり残業を減らしているぞ」

「そうですか」

「そうですか、じゃない。いいか。ちゃんと結果を出せ」

安積は無言で礼をして、課長室を出た。

会議での課長の指示は、もちろん聞いていた。だが、それきり忘れていた。課長が本気で言ったとは思っていなかったのだ。

刑事が残業を減らすなんて不可能だ。どうせ課長だって、たてまえで言っただけだろう。そう考えていたのだ。

課長の指示の背景には、働き方改革がある。二〇一九年四月に関連法案の一部が施行された。詳しいことは知らないが、要するに時間外労働に限度を設け、それを超過したら罰則があるということなのだと思う。中間管理職の自分には関係のないことだと、安積は思っていた。

法律施行の直後は、公務員から範を示すとばかりに、残業を減らした。警察署も例外ではなく、捜査本部で泊まり込みを禁じた例もあったそうだ。

喉元過ぎれば熱さ忘れるで、もうそんなことは誰も考えなくなっていると思っていた。

席に戻ると、須田巡査部長が尋ねた。

「課長、何の用でした?」

何の屈託もなく、こういう質問をしてくるのは須田だけだ。

「残業を減らせということだ」

「ああ、それ、前にも言われましたね。でも、たてまえでしょう」

「俺(おれ)もそう思っていたんだが……」

「課長は本気なんですか？」

「どうも、そうらしい」

「何かあったんですかね……」

須田が考え込む。

「村雨(むらさめ)」

安積は言った。「何か知らないか？」

村雨巡査部長が安積のほうを見て言った。

「榊原課長のことですか？」

「ああ、そうだ」

「最近、ある警察署の刑事組対課長が、通信指令センターに異動になったという件がありまして……。その人、榊原課長の古くからの知り合いのようですから、それが影響しているんじゃないですかね」

「知り合いの異動が……？」

「ええ。一種の懲罰人事だったようですから……」

「おい。そんなことを言うと、通信指令センターに失礼だぞ」

「そういう意味じゃないです。異動になった刑事組対課長というのは、部下の残業を減らせという上司の指示に逆らったんだそうです」

「逆らった？」

「ええ。刑事に勤務時間など関係ない。そんなことを考えていたら、捜査はできない。そう主張していたらしいです」

「その考え方には同感だな」

「しかし、上のほうはそうは思わなかったんですね。長時間労働の是正は政府の方針だからと、残業を減らすようにその課長に迫ったわけです。しかし、それでもその課長は信条を曲げなかった……。そうしたら、通信指令センターに異動になったんです。通信指令センターは交代制なので、時間通りに勤務が終わります。つまり、そういう勤務をさせることで、その課長に思い知らせようとしたわけですね。それが、懲罰という意味です」

安積は言った。

「榊原課長は、それを知って恐ろしくなった、ということか……」

「それだけじゃなくて、上からお達しが出ているのでしょうね。警察も所詮、お役所ですから……」

村雨の言葉は、本人にはそのつもりはないのだろうが、どうしても皮肉に聞こえる。

「上からというのは、署長ということか」

「野村署長は、野心家ですから、点数を稼ぎたいのかもしれません」

安積はしばらく考えてから言った。

「どうかな……。署長は、道理のわからない人ではないと思うが……」

水野が言った。

「若い世代は、定時退庁を歓迎しているようですね」

水野は安積班の紅一点の巡査部長だ。

安積はうなずいた。

「そうなのかもしれんな……」

刑事は日勤なので、勤務時間は午前八時半から午後五時十五分までだ。だが、その時間内に仕事が収まるはずもない。すべての事件がその時間内に起きるのなら問題はない。

だが、多くの事件は夜中に起きる。

それに対処するために、地域課や機動捜査隊は三交代ないし四交代で二十四時間をカバーしているわけだが、重要事案には必ず刑事にお呼びがかかるのだ。

警察官はたいてい寝不足だ。若い連中ほどこき使われるので、彼らは限界まで働きつづける。

その辛さに耐えられず、警察を去る者は、決して少なくない。その意味では、長時間労働をなくすのは間違いではないと思う。

しかし、安積はなんだかもやもやしたものを感じる。自分自身、若い頃は幻覚が見えるほどの睡眠不足と過労のまま働きつづけたことがある。

辛くて泣き言や弱音を吐きたいと思ったことが何度もある。だが、警察官を辞めようと思ったことは一度もない。

辛さや苦しさを上回る情熱があったように思う。その情熱は、責任感と誇りから来ていた。国民を犯罪から守るという責任感と誇りだ。

今時は、そんなことを言っても通用しないのだろうか。自分はすっかり古い世代になってしまった。

安積は言った。

「相楽班は、残業を減らしているということだが……」

村雨がこたえた。

「そんなはずないと思います。彼らも、我々第一係と同じように働いているはずですから……」

「だが、課長が確かにそう言っていた」

村雨が言った。

「調べてみましょうか」

安積は実情が知りたいと思ったので、うなずいた。

「だが、さりげなくやってくれ。相楽の反感を買いたくない」

「わかっています」

その後、捜査員たちはそれぞれが抱えている事案を捜査するために出かけていった。

須田と黒木(くろき)組は、二日前に起きたコンビニ強盗の件を追っている。防犯カメラに犯人の映像が残っていたので、被疑者確保まであと一歩というところだ。

村雨・桜井(さくらい)組は、放火事件を追っていた。マンションの駐車場で、バイクが焼かれた。小火(ぼや)で済んだが、火事はどんな大事に至るかわからない。放火犯は、何としても逮捕しなければならない。

水野は安積と組んでいるので、係に居残りだ。パソコンに向かって書類仕事をしている。

このまま、何事もなければ、今日は皆を定時に帰宅させてもいい。安積はそんなことを思っていた。


須田・黒木組も村雨・桜井組も、午後五時前に戻って来た。定時に帰したいという俺の気持ちを推し量ったのだろうかと、安積は思った。

「何もなければ、定時で上がってくれ」

安積が言うと、須田が目を丸くして言った。

「これから、報告書をまとめなきゃならないんですよ」

「明日に延ばせる仕事は明日にするんだ」

「仕事を延ばせば、それだけ明日やることが増えるだけです」

警察の資料は持ち出すことができない。だから、自宅で仕事の続きをするというわけにはいかないのだ。

安積は言った。

「それはわかっているんだが、課長の立場もある」

部下たちは、何も言わず帰り支度を始める。

村雨が言った。

「帰っても、事件が起これば、また出てくることになりますがね……」

やはり、皮肉な物言いに聞こえる。安積はこたえた。

「そうならないことを祈るよ。おまえも早く帰るんだ」

「自分は当番です」

安積も、五時四十五分に署を出た。こんな時間に帰宅するのは久しぶりだ。一階にいた東報新聞の山口友紀子記者が声をかけてきた。

「安積係長、お出かけですか？」

「いや。帰るんだよ」

「え、嘘……」

「嘘じゃない。働き方改革だよ。新聞社もそうなんじゃないのか？」

「そうですねえ。昔は信じられないくらいブラック企業だったみたいですけど、最近はいろいろと合理化されてますね」

「そういうわけで、君も帰ったほうがいい」

安積は背を向けようとした。

「でも……」

山口友紀子がそう言ったので、振り向いた。

彼女の言葉が続いた。

「記者の仕事って、そういうことじゃないと思います。やっぱり、夜討ち朝駆けが基本だと言う先輩は今でも多いです」

「そうだな。俺もずいぶん自宅を張られたもんだ」

「警察官の公務もそうでしょう。勤務時間に仕事を合わせるのではなく、世の中で起きることに対処しなければならないわけですから……」

安積はうなずいた。

「そう。公務というのはそういうものだ」

そう言うと、彼女に背を向けて歩き出した。

新聞記者に言われなくても、自分たちの仕事についてはよくわかっているつもりだ。わかっていても思うようにはいかない。

それが苛立(いらだ)たしい。

どうにもすっきりしない気分のまま、近所で夕食を済ませ、自宅に着いた。だが、一人住まいなのでやることもない。テレビを見てもつまらない。

こんなことなら、署にいたほうがよかったと思った。

2

午後十一時半頃のことだ。そろそろ寝ようかと思っていると、携帯電話が振動した。当番の村雨からだった。

「路上強盗の通報がありました」

「現場は?」

「青海(あおみ)一丁目……。セントラル広場の東側です」

「わかった」

「全員に知らせますか?」

安積は一瞬躊躇(ちゅうちょ)した。早く帰らせても、夜中に呼び出したのでは何にもならない。結局、夕方に村雨が言ったとおりになった。

だが、これが刑事の仕事だ。

「知らせてくれ。現場で会おう」

安積は、すぐに出かけた。帰宅したときとは打って変わって、高揚感を感じていた。

現場は、広い公園のプロムナードだった。被害者は、二十代の男女だ。

すでに、安積班全員が顔をそろえていた。村雨が言った。

「通信指令センターから緊急配備の指示が出ました。指定署配備です」

緊急配備となれば、当番の地域課係員だけでは済まない。非番の者も駆り出されているだろう。交代制だからといって、時間通りの勤務で済むわけではない。それが警察だ。

安積は村雨に尋ねた。

「被害者は、どこだ?」

「救急車のところにいます」

「怪我をしたのか?」

「軽傷です。男性のほうが抵抗しようとして殴られたようです」

「被害額は?」

「二万円ほどだそうです」

「犯人の手がかりは?」

「被害者から人着を聞いて、無線で流してあります」

犯人は、フード付きのパーカーを着ていたそうだ。色はグレー。刃渡りの長いサバイバルナイフのようなものを持っており、それで被害者を脅して金を巻き上げたということだ。

安積は係員たちに指示した。

「二人ずつに分かれて、犯人の足取りを追おう」

須田・黒木組はガンダムが立っている方向へ、村雨・桜井組は、その反対側に向かった。

安積は水野とともに、東側に進む。

無線を聞き、途中の飲食店などで聞き込みをしながら、犯人らしい人物の姿を追う。

「被疑者確保」の無線が入ったのは、現場に集合してから三十分後のことだった。配備拠点で張っていた地域係が発見し、職質をかけた。逃走を図ったので、その場で身柄を押さえたということだ。

安積と水野はすぐにその場に駆けつけた。逮捕状はまだ出ていないが、緊急執行ということで逮捕をした。


被疑者の身柄とともに、署に戻ったのが、午前一時頃だった。すぐに村雨と桜井が取り調べに当たった。

取り調べは、基本的には午前五時から午後十時までの明るい時間帯に行うという決まりがあるが、今回のように逮捕が深夜や未明の場合は例外だ。

逮捕から四十八時間以内に送検しなければならないので、悠長に朝まで待ってはいられないのだ。

須田、黒木、水野は、それぞれ報告書を作成している。これがそのまま送検のときの疎明資料となるので、明日にしろとは言えない。

被疑者が自供したのは、午前二時半過ぎのことだった。桜井が供述録取書を作り、被疑者の拇印を取った。

すべての作業が終了したのは、午前三時過ぎのことだった。

須田、黒木、桜井は、署と同じ敷地内にある待機寮に引きあげた。村雨は当番なので、そのまま署に残った。

今から帰宅しても仕方がないと思い、安積は署内で仮眠を取ることにした。

水野に尋ねた。

「おまえさんは、どうする？」

「私も署で休んでいきます」

女性警察官用の仮眠所で一眠りするのだろう。それがいいと、安積は思った。

水野が刑事課を出て行くと、安積は村雨に言った。

「じゃあ、あとは任せる」

「はい」

「おまえも休めよ」

「当直は慣れてます。だいじょうぶですよ」

安積はうなずき、仮眠できる場所を探すことにした。

翌朝は、係員全員が定時に登庁してきた。結局皆、寝不足だが、刑事の生活はこんなものだ。

今日も彼らは、担当している事案の捜査に当たる。水野も、村雨・桜井組の応援で出かけていった。

ふと、隣の第二係の島を見ると、誰もいない。第一係と同様に、捜査のために出払っているのだろう。

係長席で書類仕事をしていると、榊原課長に呼ばれた。すぐに課長室に向かった。

課長席の前に立って言った。

「何でしょう？」

「昨夜、……というか、今朝未明はごくろうだった」

「はい」

「送検の手続きは？」

「済みました」

榊原課長がうなずいた。すでに、事件についての報告はしてあるのだから、今さら何の話だろうと、安積は怪訝に思った。

短い沈黙があった。安積は、課長の言葉を待った。やがて、榊原課長が言った。

「取り調べが終わったのは、何時だ？」

「午前二時半頃です」

「それから、係員たちはどうした？」

「桜井が録取書を作りました。その他の係員も疎明資料を作成しました」

「それらが終了した時刻は？」

「午前三時過ぎだったと思います」

「それから君は、係員たちをどうした？」

質問の意図がまったくわからなかった。

「須田、黒木、桜井の三人は、待機寮に帰しました」

「村雨は？」

「当番でした」

「じゃあ、水野は？」

「署の仮眠所で休憩しました」

榊原課長が、重々しい溜め息をついた。

「それが問題なんだよ」

安積は訳がわからなかった。

「何が問題なのでしょう」

「帰宅しないと、それが残業として加算されるじゃないか」

安積は、驚いて言った。

「しかし、水野の場合、通勤時間がありますから、帰宅すればそれだけ休息の時間が短くなります。私もそう思ったので、署に泊まりました」

「君はいいんだよ。管理職だから残業は問題にならない」

それまでずっと、もやもやを抱えたままだったが、このままではいけないと思い、安積は言った。

「何のための労働時間短縮ですか。働く者のことを思ってのことなのではないですか？　午前三時に帰宅するより、署に残ったほうがより多く休息を取れる。そう判断したから残らせたのです。残業にカウントされるから帰れと言うのは、まったくもって本末転倒じゃないですか」

安積が抗議の姿勢を見せたことで、榊原課長は少々うろたえた様子だった。困ったような顔で、彼は言った。

「私にそんなことを言われてもな……」

「お知り合いが、働き方改革に逆らったがために、異動になったという話を聞きました」

榊原課長は、驚いた顔になった。

「誰がそんなことを……」

榊原課長は、苦労性だ。いつも、署長と部下の間で板挟みになっている。そんな彼が、処分を恐れたとしても、責めることはできないと、安積は思った。

ただ、安積には守らなければならないものがある。部下と刑事の誇りだ。その二つだけは譲れない。

だから、ここは引くわけにはいかなかった。

「水野の件が、何か問題だったとおっしゃるのなら、私を処分してください。課長の責任ではありません。私が責任を取ります」

「処分だ責任だという話をしているんじゃないんだ。協力してほしいと言っているんだよ。署内でも、刑事課は特に問題視されているんだから……。残業が百時間だ二百時間だというのは、社会的に見てやはり異常だ」

「そう。それが刑事です」

「安積係長。そういう時代じゃないんだよ。文句があるなら、厚労省や政府に言ってくれ」

「言えるものなら言いたいですね」

榊原課長は、鼻白(はなじろ)んだ様子で言った。

「もういい。話は以上だ」

安積のほうにも話すことはなかった。礼をして退出した。

課長室を出て席に戻ろうとすると、鑑識係長の石倉(いしくら)に会った。ひどく不機嫌そうな顔をしている。

「おう、安積班長」

「どうしました。そんな顔をしていると、皆が怯(おび)えますよ」

「聞いてるか？　残業するな、だとよ。俺たちが残業をしなきゃ、捜査は進まないんだぞ」

「ええ、それはもちろん承知してます」

「だがな、刑事課のトップは承知していないらしい。いいか？　強行犯、盗犯、知能犯、組対、すべての係の面倒をうちが見てるんだ。今でさえ鑑識受付はいっぱいいっぱいなんだ。勤務時間を減らせなんて、どこの誰がそんな寝言を言ってるんだ」

刑事課のトップとは、榊原課長のことだ。

安積は言った。

「今、課長と話をしてきたところです」

「おう、俺たちの勤務時間を減らしたら、世の中どえらいことになるって、ちゃんと言ってやったか？」

「言いたいことは言いました」

石倉は渋い顔のままだった。

「しかし、言ってわかる相手じゃないよなあ……」

「そうでないことを祈ります」

「刑事課だけじゃないんだ」

石倉が忌々しげに言った。「生安課じゃ、許認可の書類が溜まりまくっているらしい。普通一週間やそこらで下りる認可が、倍以上かかっているということだ」

生活安全課は、銃刀法や、風俗営業など、許認可に関する仕事が多い。

「仕事があるのに、無理やり勤務時間を減らせと言われたら、どこかにしわ寄せが行くに決まっています」

「交通課もそうらしい。勤務時間を減らしたって、事故が減るわけじゃない。事故証明とかの発行が滞っているらしい」

「警察の残業を減らしたりしたら、市民生活に多大な支障を来すことになります。犯罪を検挙することができなくなり、治安がひどく悪化することになるでしょう」

石倉は、肩をすくめた。

「誰がその責任を取ってくれるんだ？　厚労省か？　首相官邸か？　ふん。官僚ってのは、臨機応変とかケースバイケースということが考えられない。決まりができたら、ただそれを守ることしか考えられないんだ。それでやつらは、自分が優秀だと思っているんだ。優秀なばかどもだよ」

石倉の怒りの矛先がどこに向かうかわからない。

安積は言った。

「過労死や自殺とかは、やっぱり問題ですよ。そういう不幸は避けなければなりません」

石倉は、溜め息をついた。

「わかるよ、安積班長。だがな、この国はどうしちまったんだ？　俺は古い人間だから、身を粉にして働くことが美徳だと思っちまうんだ。二十四時間戦えますかってコマーシャル、覚えてるかい。あの頃の日本は勢いあったよな。今は負け犬だ」

「あの時代は、経済が右肩上がりでした。皆、未来に希望を持っていた。だから、必死に働けたんです」

「経済がだめになったから働かなくなったのか？　それとも、働かなくなったから経済がだめになったのか……。安積班長よ。いったい、どっちなんだ？」

「さあ……。俺には経済のことはわかりません」

「戦後はさ、みんな貧乏だったんだよ。それでも文句を言わず、歯を食いしばって働いたんだ。それが俺たちの日本を作ったんだ。今のこの国は何だ？　その当時の遺産を食い潰しているだけだ。厚労省なんかの言いなりになっていたら、この国は滅びるぞ」

　石倉がこんなに国を憂えているとは思わなかった。

「国が滅びるかどうかはわかりませんが、生安課の許認可手続きが滞ったり、交通課の事故証明が出せないのはまずいですね」

「俺たち鑑識の仕事が回らなくなったら、捜査にも影響が出るぞ。送検や起訴、そして公判にも影響が出る」

「俺たち強行犯第一係は、これまでどおりに働くことにします。石倉さんたちも、そうしてください。住民のため、そして国民のために働くのが公務員です」

「厚労省は、公務員から働き方改革の手本を示せと言ってるんだろう?」

「無駄な勤務時間は減らせばいい。仕事の効率を上げるのも必要なことです。しかし、必要な仕事を切り捨てたり、後回しにすべきではありません」

　石倉がにっと笑った。

　ようやく機嫌が直ったようだ。

「安積班長がそう言ってくれると、心強いな。まあ俺は、はなから残業を減らす気なんかなかったけどな。仕事が山積みなんだ。そんなことを考えている暇はない」

　石倉と別れて席に戻ると、村雨、桜井、水野が戻ってきていた。

　村雨が言った。

「放火の被疑者を確保しました」

「そうか。取り調べは？」

「すぐに自白しましたので、あとは送検だけです」

「ごくろうだった」

「相楽班のことも、ちょっと調べてみました」

安積は驚いた。

「よくそんな時間があったな」

「事情を知っていそうなやつに話を聞くだけですから、時間なんていりません」

「それで……？」

「相楽係長は、残業を過少申告しているのではないかという話です」

「何だって……。それは違法なんじゃないのか」

「課長に言われたら、どんな手段を使ってでも点数を稼ぐ……。相楽係長は、そういう人ですから」

「その話は確かなのか？」

「裏を取ったわけじゃないんで、確かかと言われると……」

「わかった。俺が確かめる」

村雨はうなずいた。

別に、村雨を信用していないわけではない。彼はきわめて優秀な刑事なので、彼の情報はおそらく確かだろう。

だが、微妙な問題だから、自分自身で確かめたいと思ったのだ。

それを村雨に説明するべきかもしれないと思った。だが、結局安積は、何も言わなかった。

相楽班が戻って来たのは、午後四時過ぎのことだ。安積は、相楽の席に近づき、言った。

「でかい事案なのか?」

不意をつかれたように、相楽は驚いた顔をした。

「え……?　何です?」

「係全員で出かけたので、大きな事案なのかと思ってな」

「ああ、マルB絡みの傷害事件です。組対係に応援を頼まれましてね……。マルB相手となれば、人数がいりますから……」

「組対係の事案なら、実績にならないんじゃないのか?」

相楽は苦笑した。

「自分が実績のことばかり考えていると思っているんですね。頼まれれば、助っ人(すけと)にも行きますよ」

「ところで、ちょっと訊(き)きたいことがあるんだが……」

「何です?」

安積は、相楽の部下たちの視線を意識した。

「ここじゃ、ちょっと……。いっしょに来てくれるか」

「ええ、いいですよ」

相楽は席を立った。安積は、彼を小会議室に連れていった。

安積が椅子に腰かけると、相楽も座った。

「何です、訊きたいことって？」

相楽に問われて、安積は言った。

「課長から、時間外労働を減らすように言われているだろう」

「ああ……。会議のときに言われましたね」

「俺はどうも、そういうことが苦手でな……。労働問題とかには、ひどく疎いんだ」

「自分だってそうですよ」

「課長が言っていた。第二係は、着実に時間外労働を減らしているって……」

「それは誤解ですよ」

「誤解……？」

「安積係長は、自分が部下の残業をごまかしていると考えているんでしょう？」

ここでシラを切っても仕方がない。正直に言うことにした。

「そういう噂があるようだ」

「たまたまなんですよ」

「たまたま……？」

「そう。あの会議以降、捜査本部もなかったし、手間のかかる事案もなかったんです」

安積は記憶をたどった。たしかに、第二係は面倒な事案を担当していなかったかもしれない。

「しかし、それは俺たち第一係も同じだ。だが、俺たちは残業を減らせない」

相楽が肩をすくめた。

「実は、時間外労働が減っているわけじゃないんです」

やはりな。そう思いながら、安積は相楽の次の言葉を待った。

「誤解だと言ったのは、そこんところなんです。残業を隠しているのは、自分じゃないんです。部下が自分に対して、隠しているんです」

「部下が隠している……」

「そうなんです。夜中に捜査に出たりすると、普通は報告書にその旨を書いて、時間もちゃんと記録しますよね。そうした時間外の記録が減ったんです」

「なるほど……」

「時間外労働短縮のことなど気にしなくていいから、ちゃんと報告しろと言っても、あいつら、隠すんです」

「それで、表面的には残業が減ったというわけか……」

「隠そうとするものを、いちいち追及しようとは思いません。そのまま報告したら、課長は喜んでいましたし……」

相楽を責めることはできないと、安積は思った。

「きっと、部下たちはあんたに手柄を立てさせようとしたんだな」

相楽は渋い顔をした。

「そんな気づかいは必要ありませんよ」

「それだけ部下があんたを慕っているということだ」

「そうですかね」

「俺はそう思う。あんたはいい係長になったんだ」

「こんなことで評価されたくありませんね」

「それで、時間外労働を減らすという話、どう思う?」

「どうもこうもないですよ。そんな実情に合わない話、無視するしかないですよ」

「それで、懲罰的な異動を食らった刑事組対課長が、どこかの署にいたそうだ」

「安積係長は、どうお考えですか?」

「あんたと同じだ。石倉さんも、無視すると言っていた」

「それが自分たちの良識というものです」

安積はうなずいた。


署内のいたるところで、不満や悲鳴が聞かれた。係長たちは、部下の残業を減らすために四苦八苦している。そして、残業を禁止された現場の係員たちは、まともに仕事が回せずに怒りまくっているのだ。

交通違反の切符や、風俗営業の許認可の書類を持って署を訪れる地域の住民も怒っている。物事が進まないのだ。

安積たち刑事組対課の係長たちは、長時間労働是正の指示など無視して働きつづけた。すると、ついに榊原課長から泣きが入った。

係長を集めた会議で、課長が言った。

「他の課では、着実に実績を上げている。残業が減らないのは、この刑事組対課だけだ。何とかしてくれ」

その会議では、どの係長も発言しなかった。あれほど鼻息が荒かった石倉鑑識係長も、腕組みをしたまま黙っている。

榊原課長に抗議したところで、埒が明かないと考えているのだろう。安積も同様だった。

ここで課長に何か言えば、上との板挟みになるだけだ。問題の解決にはならない。

このまま知らんぷりを続ければいいのかもしれない。だが、それだと榊原課長がますます追い詰められる。

日常の業務に支障を来すかもしれない。刑事課長が鬱病にでもなったら、えらいことだ。署内の混乱も見過ごせない。

安積が考えることではないのかもしれない。だが、何とかしなければならないと思った。

会議の二日後、安積は覚悟を決めた。警務課に電話をして、野村署長に面会を申し込んだ。

「アポが混んでまして、明日以降になりますが……」

「すぐに会いたい。十分でいい。だめだと言うのなら、これから乗り込んでいく」

相手はうろたえた。

「お待ちください」

しばらく待たされた。おそらく野村署長に直接意向を聞きに行っているのだろう。

やがて、担当者が戻ってきた。

「十分なら、今すぐお目にかかれると……」

「わかった」

電話を切ると、安積は駆け足で署長室に向かった。

安積の顔を見ると、野村署長が言った。

「警務課の係員を脅したそうだな」

「脅した覚えはありません。一刻も早くお目にかかりたいと申し入れただけです」

「何事だ？」

「署員の残業を減らせというのは、署長からのお達しでしょうか？」

「ああ。警察庁からそのような指導があった。働き方改革だよ」

「警察にはそぐわないと思います。いたるところで不具合が生じています」

「不具合だと？　どういうことだ？」

「処理しきれない仕事が山積みで、みんなアップアップなんです」

安積は、生活安全課や交通課の例を挙げた。

「さらに、事件はいつ起きるかわかりません。我々刑事は、夜中だろうが朝方だろうが、飛び出していかなければならないのです。時間など気にしていたらつとまりません」

「そんなことは百も承知だ」

「は……？」

「俺を唐変木だと思っているのか。刑事組対や、生安、警備課の公安なんかは例外だと思っている。俺が言ったのは、決裁書類などをできるだけ簡素化して、無駄な事務仕事を減らせということだ」

何だか妙な成り行きだと、安積は感じた。

「榊原課長は会議で、我々に残業を減らすように指示されました」

野村署長がうんざりとした顔になった。

「過剰反応だ」

「過剰反応……」

「榊原課長だけじゃない。生安課長も、交通課長も……」

「では、我々は残業のことなど気にしなくていいのですね？」

「当たり前だ。すぐに、課長を集めてそのことを通達する。だがな……」

「はい」

「寝不足でぶっ倒れるまで働く。それは決していいことじゃない。無駄な手間暇は省くように、係長が気を配ってくれないと困る」

「肝に銘じておきます」

「署内の状況を知らせてくれて助かった。礼を言うぞ」

「いえ。失礼なことを申しました」

安積は深々と礼をした。

いつの間にか、署内は以前と変わりない様子に戻っていた。相変わらず刑事たちは寝不足だ。だが、それに不満を漏らす者はいない。少なくとも安積班の連中は文句を言わない。

廊下を歩いていると、石倉係長と会った。彼は言った。

「聞いたぞ、安積班長。署長に直談判（じかだんぱん）したんだって？」

「誰からそんなことを……」

「すっかり噂になっている。さすがに安積班長だ。あんたならやってくれると思っていた」

「俺は何にもしていません。署長は最初から無理な長時間労働の是正なんて考えてなかったんです」

「またまた……。そういう謙虚なところが、あんたらしい」

「本当ですよ」

「おかげで、東京湾臨海署は元通りだ」

そう言うと、石倉は去っていった。

まあいい。石倉にそう思われるのも悪くはない。

警察官がもっと楽をできる世の中になればいいのだが……。しかし、それは夢のまた夢だ。

つらい仕事も、誇りがあれば続けられる。それが公務だと、安積は思った。

暮鐘

1

事件は時間を選ばない。

いつ、どんな事件が起きるかわからないのだ。殺人事件のような重大事件は、人々が寝静まっているときに起きるように思われがちだが、実はそんなことはない。

すでに終業時間の間際だが、そこに、強盗事件が発生したという無線が入った。

榊原課長が部屋から顔を出して、安積に言った。

「相楽班は別件で出ている。安積班、行ってくれ」

事件が起きれば、終業時間もへったくれもない。刑事は現場に出かけなければならない。そういうわけで、安積係長以下六名は、江東区有明一丁目の現場に急行した。

テレビの刑事ドラマでは、捜査車両で颯爽と現場に駆けつけるが、実際はそんなに恵まれてはいない。ゆりかもめで向かうのだ。

すでに黄色いテープの規制線が張られている。その前に、地域課の係員が二人いた。一人はよく知っている巡査部長で、もう一人は知らない巡査だ。

安積は、元橋という名の巡査部長に声をかけた。

「どんな様子だ？」

「被害者は、ここの社員だそうだ。刃物で刺されている」

「社員……？」

安積は目の前の建物を見た。高層ビルや大きな倉庫が多いこのあたりにしては珍しい二階建ての、こぢんまりとした建物だ。「ここは何の会社だ？」

「不動産屋だよ」

「被害者は刃物で刺されたと言ったな。強盗致傷か？」

「致死だ。救急搬送されたが、病院で死亡が確認された」

「じゃあ、遺体は病院か？」

「そうだ」

元橋巡査部長は、近くの救急病院の名前を告げた。

安積は、村雨と桜井に言った。

村雨は頼りになるベテランの巡査部長で、桜井は安積班で一番の若手だ。

「病院を当たってくれ」

「了解しました」

村雨はそう言うと、桜井とともにその場を去っていった。

元橋巡査部長が言った。

「機捜が来て、捜査を始めてるけど……」

車道に駐めてあるメタリックグレーの地味なセダンは機動捜査隊の車両らしい。密行するために目立たない車を選んでいるはずだが、今どきセダンは少ないので、結果的に目立っている。

機捜車は三台あった。つまり、六人来ているということだ。

「目撃者は？」

「そういうの、機捜に訊いてよ。俺たち、現場の保存をやっただけだから」

「でも、何か知っている。そうだろう？」

元橋巡査部長はにっと笑って言った。

「襲撃を目撃した者はいないようだ」

「被害額は？」

「知らない。それはマジで機捜に訊いてくれ」

「緊配はかかったのか？」

「指定署配備だ」

安積はうなずいて、元橋巡査部長から離れた。そして、須田、水野、黒木の三人に言った。

「機捜から話を聞いて、初動捜査を引き継いでくれ」

須田と水野は巡査部長。黒木は巡査長だ。水野は安積班の紅一点で、黒木は須田のパートナーだ。

三人は、すみやかに散っていった。

規制線の中に入ると、アスファルトの歩道におびただしい量の血だまりができているのが見えた。

刑事にとっては珍しい光景ではない。これまで何度同じような現場を見てきただろうと、安積は思った。

慣れているとはいえ、決して気分のいいものではない。

安積は、榊原課長に電話をした。

「どんな具合？」

「被害者が死亡しました」

「強盗致死か……。わかった。本部に連絡しておく」

「お願いします」

「私は行かなくていいかな……」

来なくていいと言ってほしいのだ。安積は言った。

「ええ。だいじょうぶです。任せてください」

「じゃあ、頼むよ」

電話が切れた。課長が警視庁本部に連絡すると、捜査一課が来る。そして、強盗致死となれば、捜査本部ができるだろう。

所轄にとって捜査本部は一大事だ。金も人も必要だ。総務課の連中は、永遠に捜査本部などできなければいいと思っているに違いない。

須田が戻ってきて言った。

「目撃者はいないようですね。近くに防犯カメラもないですし……」

須田は必要以上に深刻な表情をしている。こういう場合は、そうした顔をしなければならないと、決めているのかもしれない。

安積は言った。

「範囲を広げて防犯カメラを探してくれ。捜査一課が来たら、必ず訊かれるはずだ」

「あ、そうか。被害者死亡ですから、当然捜査一課が来ますよね」

「そういうことだ」

「じゃあ、黒木や水野にもそう言っておきます」

「近所の人や通行人だけじゃなく、このあたりを通行した車両から情報が取れないかチェックしてくれ」

「地域課や通信指令センターに訊いてみます」

最近はドライブレコーダーをつけている車が多いので、防犯カメラと同じような働きをしてくれることがある。

須田が再び、よたよたと駆けていった。

その後ろ姿を見て、彼が厳しい警察の訓練によく耐えられたものだと思っていた。これまで、何度同じことを考えただろう。

最初にそう思ったのは、まだ安積が巡査部長で、須田と組んだときだった。刑事としては明らかに太りすぎで、のろまに見えた。

行動がのろいと思考までのろいような気がする。それで安積は須田をひどく見下していたことがあるのだ。

その後安積は、自分がいかに愚かだったか、知ることになる。ずいぶん昔のことだと感じた。

それからしばらくして、捜査一課の連中がやってきた。みんな背広を着て、その襟に「S1S」と書かれた赤いバッジをつけている。

先頭に立っている人物を見て、安積はそっと溜め息をついた。殺人捜査第五係の佐治係長だ。

佐治は指導力のある係長だが、いつも高圧的で、安積は苦手だった。

その佐治係長が安積に言った。

「被害者が刺されたんだって？」

「ええ。病院で死亡が確認されました」

「緊配がかかっているな？」

安積は指定署配備であることを告げた。

「スピード解決と行きたいな」

「そうですね」

そうすれば、捜査本部で佐治と顔を突き合わせることもないし、総務課も喜ぶだろう。

実際、事件後すぐに被疑者が確保される例は、一般に思われているよりずっと多い。警察は優秀だし、緊急配備などの措置は立派に機能するのだ。

だが、世の中はそう甘くはない。被疑者確保の知らせはどこからも入らず、捜査一課の捜査員たちが現場を歩き回りはじめた。

そのとき、大きな声が聞こえた。

「あんたら、素人か。俺たちが何をやっているのかわからないのか？」

東京湾臨海署の鑑識係長・石倉だ。

彼らは鑑識作業の真っ最中だった。

佐治係長が石倉に言った。

「さっさと済ませろ。こっちだって暇じゃないんだ」

石倉が言い返した。

「俺(おれ)たちが適当な仕事をして、有利な証拠を見つけられず、被疑者を有罪にできなくてもいいのか？」

「いい加減な仕事をしろなんて言ってない。早く場所を空けろと言ってるんだ」

「鑑識の作業中はじっと待つんだよ。おとなしくしてろ」

佐治は忌々(いまいま)しげに舌打ちしたが、それ以上は何も言わなかった。

相手が悪かったな、と安積は心の中で佐治に言ってやった。誰だって石倉にはかなわない。相手が天下の捜査一課だって、石倉は平気だ。それだけ自分たちの仕事に自信と誇りを持っているのだ。

佐治係長が安積に言った。

「機捜はまだいるのか？」

「捜査を引き継いで帰らせました」

「ああ、それでいい」

機動捜査隊は、初動捜査だけを担当する。本格的な捜査が始まれば役割は終わりだ。それにしても、「それでいい」はないだろうと、安積は思った。他に何か言い方があるはずだ。

やがて、鑑識作業が終了して、ようやく刑事たちが現場を調べはじめた。安積は、捜査一課の刑事たちに交じって、犯行現場を見た。

近くで見ると、血だまりは生々しい。人が死んだ現場というのは、たいていひどい臭いがする。今回も強い血の臭いがしている。

そこに、須田、黒木、水野が戻ってきた。

それを見た佐治係長が言う。

「あんたのところには、他にも係員がいたはずだよな」

安積はこたえた。

「村雨と桜井は、被害者が運ばれた病院に行っています」

「うちからも行かせよう」

佐治は、部下に病院に向かうように命じた。

村雨たちの報告を聞けば済むことだろう。所轄を信用していないということか。安積はそう思ったが、黙っていることにした。

どうせ捜査本部ができたら、捜査一課長や佐治たちが仕切ることになるのだ。誰が主導権を握ろうが、どうでもいいことだと、安積は思っていた。自分のやれることをやればいい。

須田が言った。

「ゆりかもめの有明テニスの森駅のそばと、西のほうにある学校の近くに防犯カメラがありました。この学校って、公立なんですけど、小中一貫なんだそうです。中学一年とか二年とかじゃなくて、七年生、八年生っていうらしくて……」

佐治係長が須田の言葉を遮った。

「余計なことは言わなくていい」

須田が言った。

「あ、すいません」

安積は佐治係長に言った。

「須田は、私に報告していたんです。私は余計なことだとは思わずに話を聞いていました。どんな情報が役に立つかわかりません」

「捜査に関係ないことは、余計なことだ。部下をちゃんと教育しておけ」

何か言い返そうと思ったが、その前に佐治係長が須田に言った。

「防犯カメラの映像は?」

「これから管理者に当たるところです」

佐治係長が、再び舌打ちをする。

「何をぐずぐずしているんだ。いい、それはこっちでやる」

「はあ……」

須田が目をぱちくりさせた。

安積は言った。

「じゃあ、お任せします」

部下たちを連れて、佐治係長のもとから離れようと思った。そばにいると、だんだん腹が立ってくる。

そのとき、佐治が言った。

「須田、防犯カメラの場所まで案内しろ」

安積は須田に言った。

「所在地を教えればいい。行く必要はない」

佐治係長がむっとした顔で言った。

「所轄はこのあたりの地理をよく知っているだろう。だから、案内してくれと言ってるんだ」

「俺たちは道案内のためにいるんじゃありません」

佐治係長がうんざりした顔になった。

「そんなことを言ってるんじゃないんだよ。場所を教えてくれと言ってるだけだ」

「あ……」

須田が言った。「いいですよ。俺、行きますよ。案内します。ちょっと歩きますよ」

佐治係長が、勝ち誇ったような顔を安積に向けてから、須田に言った。

「刑事は歩いてナンボだよ」

思ったとおり、捜査本部ができることになった。場所は東京湾臨海署の大会議室だ。警視庁本部から来るのは、佐治係長率いる第五係だけのようだ。それでも、十人ほどいる。東京湾臨海署も同等の人数を用意しなければならない。バランスを取るためだ。

安積班が六人だから、少なくともあと四人をどこかの係から吸い上げなければならない。それは榊原課長や野村署長の役目だ。

おそらく、刑事組対課の他の係から応援を頼むことになるだろう。それでも足りなければ、地域課などから補充する必要がある。

大会議室の中は、ようやく捜査本部の体裁が整いはじめていた。長机が並び、スチールデスクの島ができている。

まだ無線は設置されていないし、パソコンなどもないが、すでに捜査員たちが席に着いていた。捜査一課長ら幹部もまだ来ていないが、佐治係長が中心になって、捜査員たちが、これまでわかったことを報告し合っていた。

被害者の名前は、永井健治(ながいけんじ)。年齢は三十五歳だ。不動産屋の社員で、その不動産屋の目の前の歩道が犯行現場となった。

いよいよ本格的な捜査が始まろうとしている矢先、敷かれたばかりの警電が鳴った。東京湾臨海署の係員が出て、怪訝(けげん)そうな顔をしている。

「あの……」

彼は、佐治係長のほうを見て言った。「今、受付に、自分がやったと言う者が来ているというんですが……」

　佐治係長が聞き返す。

「自分がやったって、何のことだ？」

「ですから、強盗です」

　捜査員たちが、いっせいにその係員に注目した。

　佐治係長が言った。

「自首してきたってことか？」

　電話を受けた係員がこたえる。

「そういうことだと思いますが……」

　佐治係長が大声で言った。

「誰か、行ってこい」

　捜査一課の若手係員二名が、大会議室を飛び出していった。

「どういうことでしょうね」

　右隣にいた須田が、安積に言った。

「さあな……」

　左隣の村雨が言う。

「どういうことって、そのままだろう」

　須田が村雨に言う。

「どうして自首なんてしてきたんだ?」

村雨がこたえる。

「そんなことは、自首してきた本人に訊けばいい」

「ねえ、係長。こんなタイミングで自首って、珍しいですよね」

「そうかな……」

そう言いながら、安積は須田が言ったことについて考えてみた。本当にそうなのだろうか……。

須田が言う。

「そうですよ。捜査が進み、マスコミでそのことが報道されて、もう逃げ切れないと思ったというのならわかります。でもまだ、本格的な捜査も始まっていないし、報道もされていません」

村雨が言う。

「自分のやったことが恐ろしくなって自首した例はいくらでもあるよ」

「これ、強盗だよ」

村雨が不意をつかれたように、須田の顔を見た。

「え……?」

「いやね、別れ話がもつれて殺しちゃったとか、借金がもとで揉めて殺しちゃったとかいう話なら、そういうこともあると思うよ。でも、強盗ってのはある程度計画的なはずだ。このタイミングで自首って、不自然だと思わない?」

村雨は、どこか面倒くさそうに言った。

「そうとは言い切れないだろう」

安積は言った。

「俺も不自然とは言い切れないと思う」

須田が言う。

「そうですかね……」

そのとき、水野が言った。

「でも、須田君が言うように、何か違和感があるわね……」

安積はうなずいた。

「そうかもしれない」

須田の勘はばかにできない。

いや、勘とは違うだろう。彼は、すぐれた洞察力を持っている。

須田は刑事らしくない。そこがいいのだと、安積は思っている。普通の刑事とは目の付けどころが、ちょっと違っている。

出ていった捜査員たちが戻ってきた。佐治係長が苛立たしげに尋ねた。

「どうなんだ?」

捜査員の一人がこたえた。

「自首ですね。強盗は自分がやったと言っています」

「どこにいる?」

「取調室に入れました」

佐治係長は、ベテラン係員に言った。

「話を聞いてくれ」

その刑事は、若い捜査員を連れて大会議室を出ていった。この間、動いているのはすべて捜査一課の係員たちだ。

捜査本部とはこんなものだと、安積は思っていた。

村雨が、小さな声で言った。

「我々は蚊帳の外といった恰好ですね」

安積はこたえた。

「楽ができていいじゃないか」

それから一時間ほど経って、話を聞いていたベテラン係員が戻ってきた。

2

佐治係長が、取調室から戻ったベテラン係員に尋ねた。

「キタさん、どうだった?」

彼の名前は、たしか北村だった。

「血の付いたサバイバルナイフを持参してました」

「ナイフだって？」

「ええ。今、そのナイフを持たせて、病院に向かわせました。被害者の傷口と照合します」

「何者だ？」

「氏名は梅津博史。年齢は五十一歳です。住所は江戸川区平井二丁目……」

安積の部下たちは、いっせいにメモを取りはじめた。

北村の報告が続く。

「本人は建設業と言っていますが、その日暮らしで、事実上無職みたいなものだと思います」

「書類上はどうするんだ？」

「自称建設業と記録しました」

佐治係長はうなずいてから、さらに質問した。

「……で、キタさんの印象はどうなんだ？」

「話にリアリティーはありますね。金に困って強盗を計画したんですが、まさか本当に人を刺すはめになるとは思っていなかったと言っています」

「それで、怖くなって自首か……」

「犯行の場所も時間も供述と一致しています」

「場所は、被害者が勤めていた会社の前の歩道だな？」

「ええ、そうです。その会社の名前も一致しています」

「時間は？」

「十七時前後ですね。犯行時に、午後五時に流れる音楽を聞いたのを、はっきりと覚えている……。そう言ってましたから」

「ああ、防災行政無線で街中に流れるやつだな」

「ええ、それです」

「所持していたナイフと、被害者の傷口が一致したら、一件落着だ」

佐治係長が、安積のほうを向いた。「逮捕状を取ろう。送検したら、俺たちは引きあげる。スピード逮捕だったな」

捜査幹部が来る前に解決だ。榊原課長や野村署長も喜ぶだろう。安積はそう思った。

そのとき、須田が言った。

「ええと……。本当にその人が犯人なんでしょうか……」

捜査一課の捜査員たちがさっと須田に注目した。その反応が思ったよりも大きかったのだろう。須田はうろたえたように言った。

「いえ……。あの……。なんだか、しっくりこないような気がするんで……」

佐治係長が、須田ではなく安積に言った。

「おい、これはどういうことなんだ?」

安積は言った。

「須田に直接尋ねてください」

「俺は下っ端の意見を求めてなんかいないんだ。何か文句があるなら、係長のあんたから聞こう」

　安積は、須田に言った。

「しっくりこないというのは、どういうことだ?」

「おい」

　佐治係長が語気を強めた。「そんなのろまの話は聞きたくないと言ってるんだ」

　安積は佐治係長を無視して、さらに須田に言った。

「いいから、説明してくれ」

　須田が話しだした。

「さっきも言いましたけど、このタイミングでの自首というのが、なんだかしっくりこないんです」

　佐治係長が言った。

「居眠りでもしていたのか。今、キタさんが言っただろう。まさか刺すはめになるとは思っていなかったんだ。刺しちまったことを後悔して自首してきたってわけだ」

　須田は、しどろもどろになりながらも、決して引こうとはしなかった。

「いいえ、話はちゃんと聞いていましたよ。でもね、自分はこう思うんです。自首って、たいへんなことでしょう?　逮捕されちゃうんだから。だから、普通はもっと悩んだり迷ったりする時間が必要なんじゃないかって思うんです」

「世の中、おまえみたいなのろまばかりじゃないんだよ」

「自首してきた人って、そんなに決断力がありそうでしたか？」

そう聞かれて、北村は少々戸惑ったような様子を見せた。

佐治係長が言った。

「決断力が何だって言うんだ。おまえ、俺たちの捜査にイチャモンつけてんのか」

安積は言った。

「イチャモンをつけているのは、そっちでしょう」

佐治係長が驚いた顔で安積を見た。

「何だって？」

「俺はこれまで、部下たちの意見にずいぶんと助けられてきました。だから、耳を傾けようとしているんです。それを邪魔しないでいただきたい」

佐治係長が、安積を睨みつけて言った。

「犯人が自首してきた。事実と供述が一致している。あとは、ナイフと傷の照合だけだ。これだけ事実がはっきりしているのに、何の文句があるんだ」

北村が言った。

「決断力はなさそうだったな」

佐治係長が北村を見た。意外そうな表情だった。北村がそんな発言をするとは思ってもいなかったのだろう。

「そうでしょうね」

須田が言った。「こんな言い方をしたらナンですが、事実上無職なんでしょう？　決断力があるなら、それなりに自分の生活を立て直せるんじゃないですか」

「そうかもしれないな」

北村が言う。「だが、犯行の場所や時間については、供述が一致しているし、凶器とおぼしき刃物も持参していた」

佐治係長が言う。

「それだけの事実があれば、検察だって納得だろう」

たしかに、須田の旗色は悪い。だが、安積は須田の意見を無視することはできなかった。

そのとき電話が鳴り、先ほどと同じ係員が出た。彼は大声で告げた。

「病院の捜査員からです。刃物の形と被害者の傷が一致したということです」

捜査員たちが、低い声を洩らした。

佐治係長が勝ち誇ったように、安積に言った。

「これで文句はないな。逮捕状を取るぞ」

「凶器であることは証明されましたよね」

須田がさらに言う。「でも、それを持ってきた人物が犯人とは限りませんよ」

佐治係長がうんざりした顔になった。

「おまえは何を言ってるんだ」

「身柄確保したときに凶器を所持していた、というのなら、犯人の可能性は高いです。でも、今回はそうじゃないでしょう」

「凶器を持参したやつが犯人だと考えて、何がおかしいんだ？」

「どうしても気になるんです」

佐治係長は切れかかっている。

「何が、どう気になるってんだ？　ちゃんと説明してみろ」

「北村さんの報告を聞いていて、ちょっと違和感がありました。その理由に、ようやく気づきました」

「だから、何なんだ？」

「午後五時の防災行政無線の放送です」

佐治係長が須田を睨みつける。

「犯行時間を立証する供述だ」

「梅津は、五時の音楽を聞いたと言ったんですよね？」

北村がこたえる。

「ああ、そうだ。お馴染(なじ)みの『夕焼け小焼け』だ」

須田が確認する。

「本当にそう言ったんですね？　『夕焼け小焼け』だって……」

北村がうなずく。

「ああ。そう言った」

「じゃあ、梅津は犯行現場にはいなかったということになります」

北村が怪訝そうな顔で須田を見た。

佐治係長が須田に尋ねた。

「どうしてだ？」

須田がこたえた。

「都内の多くの区では、午後五時に、たしかに『夕焼け小焼け』を流しています」

「だったら……」

「でも、現場は江東区内なんです。江東区が午後五時に流すのは、『ウエストミンスター寺院の鐘』なんです。『夕焼け小焼け』じゃないんですよ」

佐治係長が「何だと」と言ったまま、言葉を呑み込んだ。

捜査員たちが顔を見合わせている。

須田がさらに言った。

「『ウエストミンスター寺院の鐘』のことを、音楽とは言わないでしょう。だから、違和感があったんです」

ここは慎重になるべきだと安積は思い、須田に言った。

「お台場では、江東区、港区、品川区、大田区が接している。他の区の音が聞こえたんじゃないのか？」

「あの現場のすぐそばに、防災行政無線のスピーカーがあるんです。『夕焼け小焼け』じゃなくて、はっきりと『ウエストミンスター寺院の鐘』が聞こえるはずです」

捜査一課の捜査員が、現場付近の地図を確認した。そして言った。

「ありました。現場から百メートルほどのところです」

佐治係長が噛みつくように、須田に言った。

「だから何だと言うんだ」

「梅津が嘘をついているということですよ。そして、警察に出頭してきてまで嘘をつくのには、何か理由があるはずです」

佐治係長は、言葉を失った様子で、須田を見据えていた。

安積は須田に尋ねた。

「どんな理由があると思う?」

「自分が犯人だと嘘をつくのは、たいていは誰かをかばっているときでしょう」

それを聞いて、佐治係長が即座に捜査員たちに命じた。

「梅津の身辺を洗え」

さすがに、こういうときの判断は速い。安積はそう思いながら、佐治係長に言った。

「俺と須田で、梅津に話を聞いていいですか?」

佐治係長は毒気を抜かれたように言った。

「好きにしてくれ」

梅津博史は、実年齢よりはるかに老けて見えた。生活に疲れ果てた様子だ。着ているものはよれよれで、肌に艶(つや)がない。

それでも眼(め)がぎらぎらと輝いている。使命感のようなものを感じさせる眼光だ。

須田が言ったとおり、誰かを守ろうとしているのだろうと、安積は思った。

取り調べは須田に任せることにした。須田が梅津にいきなり言った。

「嘘をついちゃだめだよ」

梅津は不意をつかれたように、ぽかんと口をあけて須田の顔を見た。

「嘘……?」

「何か事情があるんなら、話してよ。なんで自分が犯人だなんて言ったわけ?」

「俺がやったんです」

「金に困ってやったんだって?」

「そうです」

「凶器はどこで手に入れたの?」

梅津は一瞬、戸惑った表情を見せてから言った。

「買いました」

「どこで?」

「覚えていません」

「奪った金は?」

「借金の返済で消えちまいました」

「返済をしてから自首してきたということ?」

「はい……」

「そういう話、どうも本当とは思えないんだよなあ……」

「本当です。俺がやりました」

それからしばらく、須田は梅津を観察している様子だった。やがて、彼は言った。

「じゃあ、また後で来るから……」

廊下に出ると、安積は須田に尋ねた。

「質問はもういいのか?」

「ええ……」

「……で、何がわかったんだ?」

「あれは、覚悟を決めた眼ですよ。きっと、大事な人を守ろうとしているんだと思います」

「俺も気づいた。たしかにそういう眼だ。だが、問題は誰を守ろうとしているか、だ」

「係長。そのために捜査本部があるんじゃないですか」

そのとおりだと思った。


午後十時を過ぎた頃(ころ)、捜査一課の捜査員が戻ってきて、佐治係長に告げた。

「梅津には、別れた女房と息子がいます。元妻の名前は、矢部千佐子(やべちさこ)。息子の名前は矢部信司(しんじ)です」

　佐治係長が言った。

「息子は、母親の姓を名乗っているんだな？」

「親権が母親にあって、いっしょに暮らしているようです」

「その二人の事件当時の動向を調べろ」

「矢部千佐子についてはすでに調べてあります。事件当時、彼女は千葉県市原市にある介護施設で、介護士として働いていました」

「アリバイがあるということだな。息子は？」

「まだ明らかになっていません」

「その息子って、どんなやつなんだ？」

「二十五歳ですが、高校中退で定職に就いていません。素行が悪く、いわゆる半グレみたいなもんでしょうか。梅津とは長いこと接触をしていないようなんですが……」

　佐治係長は命じた。

「その息子の所在を確認しろ。話を聞いて、必要なら身柄を押さえろ」

　捜査員たちが再び捜査本部を出ていく。

　須田がそっと安積に言った。

「梅津に息子の話を聞いてみたいんですが……」

　安積は、佐治係長に言った。

「梅津にもう一度、話を聞きたいと思います」

「だから、好きにしてくれと言ってるだろう」

安積と須田は、再び取調室に向かった。

留置場から連れ戻された梅津に、須田が言った。

「何度もすまないね」

梅津は目を伏せたまま何も言わない。

須田が言葉を続ける。

「息子さんのことを訊きたいんだけど。たしか、信司君だよね」

梅津は、顔を上げて須田を見つめた。須田がさらに言う。

「長いこと会っていないらしいね」

梅津は何も言わない。

「ひょっとして、最近訪ねてきたんじゃないの？」

梅津は再び下を向いた。明らかに動揺している。須田の言葉が続く。

「信司君に何か言われて、あなたは警察にやってきた。そうじゃない？」

梅津は苦しみに耐えるような表情をしている。両手を握りしめていた。

「凶器のナイフだけど、あなた、どこで買ったか覚えていないと言ったよね。それって、不自然なんだ。信司君のナイフなんでしょう？」

梅津が顔を上げた。耐えきれない様子で言った。

「強盗は俺がやった。俺が刺したんです。息子は関係ない」

須田がかぶりを振った。

「それ、嘘だよね。残念だけど、その嘘は通用しないんだ。あなたは、信司君を守ろうとしたんだよね」

「俺がやった。俺がやったんです」

須田が悲しげに言った。

「身代わりになったって、信司君のためにはならないよ。ちゃんと罪を償うことが本人のためなんだ」

梅津は小刻みに震えだした。やがて、その目から涙があふれ出し、鼻水が流れた。被疑者が落ちるときの典型的な反応だ。

やがて梅津はがっくりと体の力を抜いて言った。

「すいません」

須田が言った。

「何があったのか話してくれるね」

梅津が話しだした。

須田が推理したとおり、突然信司が梅津の自宅アパートを訪ねてきたのだそうだ。信司は犯行直後だった。血まみれのサバイバルナイフを持っていた。そして、「父さん、助けてくれ」と言ったのだという。

梅津は言った。

「俺はだめな父親でした。信司にずっと何もしてやれなかった。だから、助けてやりたかった。父親として、何とかしてやりたかったんです」

取調室を出ると、安積は須田に言った。

「梅津が落ちたと、おまえが佐治係長に報告するんだ」

「係長から言ってください。俺、佐治係長に好かれてないみたいだし……」

「だから、おまえが言うんだ。おまえの実力をわからせるんだよ」

「いや、俺はただののろまですよ」

「俺は二度と、佐治係長にのろまと言わせたくないんだ」

須田はただ、にやにやと笑っているだけだった。

結局、安積が取り調べの結果を佐治係長に報告することになった。

捜査員が総出で、信司の行方を追った。その結果、日付が変わる直前に、身柄を確保。任意で事情を聞いたところ、あっけなく強盗を自供し、被害者をナイフで刺したことも認めた。すぐに逮捕状が請求されて、一時間後に執行された。

佐治係長から安積班に対して労(ねぎら)いの言葉もなかった。捜査本部なんてこんなものだと、再び安積は思った。

それから三日後、東京湾臨海署に日常が戻っていた。安積班の刑事たちは、それぞれに何か事件をかかえているが、それほど忙しそうではない。

夕刻になり、須田が安積に言った。

「ちょっと出かけてきます」

どこに行くかは言わない。安積はうなずいた。

須田がどこに行くか、その態度から想像がついた。おそらく、梅津に会いにいくのだろう。傷ついた梅津を放ってはおけない。須田はそういうやつだ。

須田が部屋を出ていった。

もうじき五時だ。都内には防災行政無線からの音楽が流れるだろう。それは、昔聞いた遠くから響く寺の暮鐘に似て、哀愁を感じさせつつも、どこか安堵させてくれる。

安積はそんなことを思っていた。

別館

1

「別館に行ってくれ」

榊原課長にそう言われた。先ほど、海上で人質事件の恐れがあるとの無線が流れたので、安積は即座に、榊原課長の言葉の意味を悟った。

それは、部下たちも同様のはずだ。

須田が言った。

「船に乗るんですね」

「そういうことになると思う」

村雨が言った。

「人質事件となると、相手が武装をしている恐れがありますね。拳銃はどうします？」

どうしようか迷っていたところだ。この村雨の一言で決めることができた。

「全員、拳銃を携帯だ」

プラスチックの札と引き換えに、保管所から拳銃を受け取る。

安積班の一行は、捜査車両二台に分乗して、品川埠頭にある東京湾臨海署別館に向かった。別館は、レインボーブリッジの向こうにある。りんかい線で行くと最短距離で行けるが、最寄りの天王洲アイル駅からかなり歩かなければならない。

急を要するということで、珍しく車を使わせてもらうことになったのだ。

助手席の須田が言う。

「船で行くのが、一番早いかもしれませんね」

安積はこたえた。

「水上安全課の連中に迎えにこいとは言えないだろう」

「そりゃそうですね」

臨海署別館は、かつての東京水上署だ。新庁舎ができ、大幅に組織が拡充されたときに、臨海署に組み込まれたのだ。その結果、臨海署は警視庁内で唯一、船舶を持つ警察署となった。

別館で船を運用しているのは、水上安全課だ。そこを訪ねるたびに、安積は特別な気分になる。一種の憧れだろう。

海で働く者たちへの憧れだ。特に海が好きというわけではない。船乗りになりたいと思ったこともない。

だが、不思議と心が惹かれるのだ。

安積はまず、筆頭係である水上安全第一係を訪ねた。係長の吉田勇警部補が言った。

「無線を聞いたんだな」

日焼けした吉田係長は、海の男の顔をしている。安積はいつもそう思う。

「ええ。船で人質を取られているということですね」

「まだ、状況がつかめていない。これから調査に向かうところだ。いっしょに乗っていくか？」

「そのつもりで来ました」

「船酔いするやつはいないか？」

安積は部下たちを見た。五人の係員は誰も何も言わない。自己申告がなければ、問題ないと見なす。

安積は吉田係長の問いにこたえた。

「だいじょうぶです」

「では、すぐに出る。『しおかぜ』の出港準備ができている。十二メートル型だ。小さいのでけっこう揺れるぞ。本当に皆だいじょうぶか？」

吉田係長はそう言うと、安積の返事を聞かずに部屋の出入り口に向かった。安積たちは、その後を追った。

「しおかぜ」は、舷側を濃いグレーに塗られ、上部構造が白い船だった。「視9」と船体に書かれているのはコールサインだろう。「警視庁9」ということだ。

なるほど、吉田係長が言ったように小さな船だ。

安積は尋ねた。

「この船に全員乗れますか？」

「定員は十四名だ。うちの者が六名、おたくが六名の計十二名だから問題ない」

安積は海の様子を見た。それなりに波はあるが、荒れているわけではない。

乗り込むと、すぐに出発した。

吉田係長が、大声で安積に言った。

「操舵室（そうだしつ）に来てくれ」

船というのは、航行している間中大きな音がしている。エンジン音や波を切る音だ。だから大声でないと話が通じない。

操舵室には吉田係長の他に二人の係員がいた。操舵をしているのが女性なので、安積はちょっと驚いた。

水上安全課というのは、男の世界だと思い込んでいたのだ。

吉田係長が一瞬、笑みを浮かべた。

「こいつを紹介したくて来てもらったんだ。浅井晴海（あさいはるみ）主事だ。浅井、こちらは強行犯第一の安積係長だ」

浅井は、振り向いて挙手の礼をした。

操舵室にいる二人は、海技職員だ。警察官ではなく、技術系の警察行政職員なので、巡査とか警部といった階級ではなく、都庁などと同じ主事、参事、理事という階級だ。

安積は、あらためて吉田係長に尋ねた。

「人質がいると聞いていますが、どういうことになっているんですか？」

操舵室はエンジンから離れており、上部構造の中なので、話をするのも楽だ。

「プレジャーボートからの無線を傍受した人が一一〇番通報してくれた。一一八番がまだ世の中に浸透しているとは言い難いからな」

一一八番は、海上保安庁の緊急電話だ。もし、無線を傍受した人物が一一八番通報をしていたら、海保の巡視艇がいち早く現場に向かい、安積たちがこうして船に乗ることはなかったかもしれない。

安積はさらに尋ねた。

「現場は？」

「羽田沖と見られている。まず、その船を見つけなけりゃな……」

「羽田沖……」

安積は気になって尋ねた。「本来は、海保の縄張りですね」

警視庁の受け持ちは、河川、運河、そして港内ということになっていたはずだ。それ以外の海は海上保安庁の管轄だ。

吉田係長は、確固とした口調で言った。

「一一〇番を受けたからには出動しなければならない。それが警察だ」

「なるほど……」

「それにな、警視庁と海保の縄張りに明確な規定はないんだ。心配するな」

「はい」

吉田係長が言うからには間違いないのだろう。だが、安積はそれでも少しばかり心配だった。

東京湾といえども、実際に航行してみると広い。小さなプレジャーボートを見つけるのは容易ではない。

安積は、船尾のほうにいる桜井が青い顔をしているのに気づいた。彼に近づいて言った。

「気分が悪いのか？」

「いえ、だいじょうぶです」

そのやり取りに気づいた水上安全第一係の係員が言った。

「体に力が入りすぎです。船の揺れに逆らおうとせず、いっしょに揺られてください。そうすると楽になります」

桜井が頭を下げた。

「ありがとうございます。でも、本当にだいじょうぶです」

吉田係長が操舵室から手招きしているので、安積は戻った。

「どうしました？」

「警視庁本部が、『はやぶさ二号』を飛ばしてくれた」

「ヘリですね」

「はやぶさ二号」は、警視庁が所有する十四機のヘリコプターの中で、最も小型だ。

「ヘリが来てくれりゃ、船はすぐに見つかるだろう」

その吉田係長の言葉のとおり、それから二十分ほど経った頃、ヘリから当該船舶を発見したという無線が入った。伝えられた座標へ「しおかぜ」は向かった。

問題の船は真っ白に塗られており、舷側を横切る赤い線が鮮やかに見えた。

吉田係長が双眼鏡で様子を見ている。

「『ジェナルイーズ』……。船名に間違いはない」

「船名がわかっていたのですね？」

「無線で助けを求めた者が、船名を言ってくれたんでな……。その船名をもとにマリーナ等の出港届を調べた。闇雲に捜索していたわけじゃない」

「なるほど……」

「見たところ、人影がない。誰も甲板に出ていないな」

「近くに船が見当たりませんね。もし、人質を取っている犯人がいるとしたら、どこから現れたのでしょう」

「わからんな……」

「これから、どうしますか？」

「スピーカーで呼びかけて、反応を見るか……」

そのとき、パンという乾いた炸裂音が聞こえた。

吉田係長が大声で言った。

「銃声だ。姿勢を低くしろ」

安積は、携帯電話を取り出した。電波が弱いが、ぎりぎり何とか通話ができそうだ。榊原課長にかけた。

「安積係長、どうした?」

「今、現場にいますが、当該船舶から発砲音がしました」

「犯人が銃器を所持しているということか?」

「まだ確認は取れていませんが、たしかに銃声のような音がしました」

「現場と言ったが、船の上か?」

「はい。警備艇『しおかぜ』に乗っています。羽田沖です」

「わかった。追って連絡する」

電話が切れた。

安積は、携帯電話をしまうと吉田係長に尋ねた。

「これから、どうします?」

「あんたら、拳銃を持っているか?」

「持ってきています」

「なら、撃ち合いになっても制圧できるな」

「そうならないことを祈ってますが」

「話しかけてみよう」

吉田係長は手を伸ばして、コイル状のコードがついたマイクを取った。

「警視庁だ。抵抗をやめなさい」

その声がスピーカーから流れる。

再び、パンという音が聞こえる。安積は咄嗟(とっさ)に頭を下げた。

吉田係長が、水上安全第一係の係員に尋ねた。

「誰か、発砲の瞬間か着弾を見たか？」

誰もこたえない。

吉田係長は操舵している浅井に尋ねた。

「おまえはどうだ？」

彼女は姿勢を低くしながらも、舵輪(ハンドル)に片手をかけている。

そのプロ意識に、安積はちょっと感動した。

浅井がこたえた。

「いずれも確認できません」

「浅井が見ていないとなると、誰にも見えないな」

「ずいぶんと信頼しているんですね」

「船乗りは眼(め)が命だ。こいつは将来、立派な船乗りになる」

それはきっと水上安全課で最上級のほめ言葉だろうと、安積は思った。

吉田係長が再びスピーカーで呼びかけた。

「抵抗をやめなさい。デッキに出てくるんだ」

「ジェナルイーズ号」からは何の反応もない。

吉田係長が安積に言った。

「発砲している姿も着弾も確認できないんじゃ、本当に銃器かどうかわからんな」

「しかし、可能性がある以上、そう考えて対処するしかありません」

「さっきの電話は、署か？」

「はい。課長に連絡しました」

「だったら、警視庁本部に連絡が行っているな。今頃、本部で対策を考えているはずだ」

そう言ってから、吉田係長は、厳しい表情になった。安積は尋ねた。

「どうしました？」

「エンジン音だ。船が近づいてくる」

それに呼応するように、浅井が言った。

「海保の巡視艇。二十メートル型です」

「やっぱり来たか……」

吉田係長の言葉に、安積は尋ねた。

「ここで縄張り争いが始まるわけじゃないでしょうね」

「ばかを言うな」

吉田係長が言う。「援軍だよ」

それから吉田係長は立ち上がり、浅井に「ジェナルイーズ号」から距離を取るように命じた。

浅井は身を起こして舵輪とスロットルを操った。他の者たちが銃撃を警戒して姿勢を低くしている中、彼女と吉田係長の二人だけが立っている。

「しおかぜ」が離れても、「ジェナルイーズ号」に動きはなかった。

真っ白に塗られた巡視艇が近づく。Sをかたどったブルーのライン。海保の所属であることを示す「S字章」だ。

その巡視艇は、「しおかぜ」よりかなり大きく頑丈そうだ。上部構造が高く、操舵室は二階にあるようだった。

吉田係長が浅井に命じる。

「相手が停船したら、脇（わき）につけろ。ぶつけるなよ」

「了解」

やがて、警備艇と巡視艇が並んだ。吉田係長がデッキに出たので、安積はそれについていった。

アンカーを打っていないので、互いの船が接触しないように、また離れすぎないように、両方の船の操舵手は常に推力をかけつつ舵（かじ）を調整している。

巡視艇のデッキに、五人の男たちが姿を見せた。海上保安官の制服姿だ。全員が挙手の礼をしてきたので、吉田係長と安積も敬礼を返した。

中央の男が言った。

「三管の中原（なかはら）三正です」

三管は、第三管区海上保安本部、三正は三等海上保安正という階級のことだ。三正は警察で言うと、警部補か警部というところだ。だいたい、安積たちと同等だ。

吉田係長がそれにこたえて、自己紹介し、安積を紹介した。

中原三正が言った。

「状況を知らせていただけますか？」

吉田係長がこたえる。

「発砲らしき音を聞きました」

「銃器の確認は？」

「視認していません」

「発砲したと思われるのは、何者ですか？」

「何者かが、『ジェナルイーズ号』で人質を取っているという通報がありました」

「通報者は？」

「船から助けを求める無線の発信があり、それを傍受した者が通報しました」

「了解です。どう対処します？」

「今はにらめっこですね。本部が何か指示をしてくるかもしれません」

「我々に何かできることは？」

吉田係長がにっと笑った。

「おたくらが持ってる自動小銃が頼りですよ」

中原三正は一瞬、戸惑ったような表情を見せたが、すぐに余裕の笑みを返してきた。

「任せてください」

彼らは、無線の周波数を合わせることを確認した。

「東京湾臨海から警視９」

無線機から声が流れた。署から「しおかぜ」への無線連絡だ。

吉田係長がフックからマイクを取った。

「東京湾臨海。こちら警視９。感度あります。どうぞ」

「警視庁本部より連絡あり。ＷＲＴ投入。繰り返す、ＷＲＴ投入」

「東京湾臨海。移送手段について知りたし。どうぞ」

「水上安全課の船艇で移送。現着後は、ＷＲＴの指示に従うように」

「東京湾臨海。こちら警視９、了解」

吉田係長がマイクをフックに戻した。

安積は尋ねた。

「ＷＲＴって何でしたっけ……」

その問いにこたえたのは、いつの間にか近くにやってきていた須田だった。

「ウォーターフロント・レスポンス・チーム。つまり、臨海部初動対応部隊のことです」

「そうか……。品川の第六機動隊の銃器対策部隊の中に新設されたと言っていたな……」

「そうです。テロ対策部隊ですね」

吉田係長が言った。

「須田。なんだか嬉(うれ)しそうじゃないか」

須田の代わりに、安積がこたえた。

「こいつは船に乗れるだけでご機嫌だったんです」

「人質がいて、発砲があったというのに、不謹慎なやつだな」

須田はすっかりうろたえて言った。

「あ、すいません。そんなつもりじゃ……」

安積が須田に言った。

「冗談だ。本気にするな」

それから安積は、吉田係長に尋ねた。

「移送手段について質問していましたね。水上安全課の船を使うって、どういうことです？」

「WRTのやつらは、ゴムボートとか水上バイク程度しか持ってない。船を持っているのは俺たちだけだからな。俺たちが乗っけてやらなきゃならないのさ」

「そういうことですか」

吉田係長は、無線で中原三正たちの巡視艇を呼び出し、特殊部隊がやってくることを告げた。

「現着にはどれくらいかかりますか？」

中原三正の問いに、吉田係長はこたえた。

「そば屋の出前よりは早い。なにせ、初動対応部隊ですから」

「了解」

安積は吉田係長に言った。

「無線でそういうやり取りをすると、傍受した署や本部の上の連中に絞られますよ」

「この周波数は、署も本部も聞いていない。海の男のチャンネルだ。おっと……」

吉田係長が操舵手のほうを見て言った。「失礼。海の女もいたな」

浅井は何も言わず、操縦に集中していた。

そのとき、船尾のほうでなにやら苦しげな声が聞こえた。見ると、桜井が舷側から身を乗り出すようにして吐いていた。村雨と水野が介抱している。

吉田係長もそれに気づいて言った。

「この状態だと微妙な揺れで、慣れていない者にはつらいかもしれんな」

「すいません」

「謝ることはない。うちの課の者だって、最初は船酔いするんだ。だが、船体を汚したら、後でちゃんと掃除をしてもらう」

「わかりました」

吉田係長が係員たちに尋ねた。

「『ジェナルイーズ号』に動きは?」

「ありません」

「WRTの到着待ちだな……」

そのとき、遠くからまた船のエンジン音が聞こえてきた。そちらのほうを見た吉田係長が言った。

「さすがに本部の特殊部隊だ。うちの旗艦で乗り付けやがった」

安積は聞き返した。

「旗艦……？」

「二十メートル型の『ふじ』だよ」

2

「ふじ」の甲板に顔を出した臨海部初動対応部隊のリーダーは、いかにも特殊部隊といった面構えの若者だった。巡査部長だというから、機動隊本隊で言えば分隊長クラスだろう。名前は、大木だ。隊員たちは「班長」と呼んでいるらしい。

ちなみに、安積もたまにそう呼ばれることがある。

部隊員は五名で、ウェットスーツにライフベスト、穴がたくさんあいているプラスチックのヘルメットという恰好だ。

銃器対応部隊から派生しただけあって、狙撃銃やサブマシンガンを持っている。

「人質の確認は？」

大木班長が尋ね、吉田係長がこたえた。

「船を発見して声をかけたとたん、パンとやられてね……。炸裂音は二発。誰もデッキに姿を見せないので、確認のしようがない」

「銃を持っているのは確かなんですね？」

吉田係長はかぶりを振った。

「確認していない。うちで一番眼がいい、操舵手も視認していないんだ」

大木班長はうなずいた。

「未確認の場合、銃器を所持しているものとして対処します」

「具体的にはどうする？」

「できるだけ近づいて様子を見ます。人質が何人で、船のどこにいるか、それを探らなくてはなりません」

「だから、どうやってやるんだ？」

「偵察要員が潜って近づくこともできます」

「スクーバか？」

「はい」

「そいつは危険だな」

「それが我々の任務ですから……。ＳＡＴが来るまでに、できるだけ多くのことを探っておかなければなりません」

安積は驚いて尋ねた。

「ＳＡＴが来るって？」

大木班長がこたえた。

「ええ。我々は初動対応なので、ＳＡＴが来たら対応を任せて、後方支援に回ります」

吉田係長が言った。

「では、さっさと始めよう」

「はい」

大木班長たちは、作業にかかり、「ふじ」が微速前進を始めた。「ふじ」はゆっくりと舳先（へさき）を「ジェナルイーズ号」に向ける。

そのとき、海上保安庁の巡視艇も動き出した。「ふじ」の前に回り込むようなコースを取っている。

安積は驚いて言った。

「進路を妨害しているんですか」

吉田係長は、じっと巡視艇を見つめていた。

「いや、そうじゃない」

やがて彼は言った。「彼らは楯（たて）になってくれようとしているんだ」

「ふじ」は、巡視艇の陰に隠れる形になり、臨海部初動対応部隊の隊員がスクーバの器材を装着して海に入るところを、「ジェナルイーズ号」から見られる心配はなかった。

少し離れたところにいる「しおかぜ」の安積や吉田係長が、「ジェナルイーズ号」の様子をうかがっている。

「妙だな……」

双眼鏡を覗(のぞ)いている吉田係長がつぶやいた。

安積は尋ねた。

「何がです？」

「まったく動きが見えない」

「船室に閉じこもっているんじゃないでしょうか。あのタイプのプレジャーボートは、甲板の下に船室があるんでしょう？」

「武装して人質を取っているのなら、何か要求をしてきそうなものだが……」

「計画を練っている最中なのかもしれません」

吉田係長は、双眼鏡を覗いたまま、しばらく何事か考えている様子だった。やがて、彼は言った。

「そうかもしれないが、反応がなさすぎる気がする」

そうだろうか。安積は吉田係長の言葉について考えていた。そばに須田と村雨がいたので尋ねた。

「おまえたちはどう思う？」

まず村雨がこたえる。

「係長が言うように、船室に閉じこもってこれから先のことをあれこれ考えているんじゃないでしょうか」

安積は須田に言った。

「おまえはどう思う？」

須田は、仏像のような半眼になった。彼が本気で頭を回転させているときの表情だ。

「そうですね……。俺、さっきの係長の言葉が気になっているんですけど……」

「俺の言葉？　何を言ったかな……」

「もし、人質を取っている犯人がいるとしたら、どこから現れたのだろうって……」

それを聞いて、吉田係長が双眼鏡から顔をはずして須田に向けた。

「俺もそれがずっと気になっていた。もし、海賊行為とかだったら、近くに船があるはずだ」

「海賊ですか……」

須田が少しだけ嬉しそうな顔になった。映画かアニメのことを思い出しているに違いない。

吉田係長が言う。

「だから、そういう顔をするのは不謹慎だと言ってるだろう」

「あ、自分はそんなつもりは……」

安積は吉田係長に言う。

「犯人が乗っていた船舶がないことについて、どうお考えですか？」

「それをずっと考えているのさ」

携帯電話が振動した。榊原課長からだった。

「はい、安積」

「どうなっている？」

「臨海部初動対応部隊が到着して、現在、偵察をしているところです。対象の船舶に動きはありません。犯人からの反応は一切なしです」

「もうじき、ＳＡＴが到着する」

「聞いてます。ＷＲＴは初動任務を担当して、あとはＳＡＴに引き継ぐんだそうですね」

「ＳＩＴも同じ船に乗る」

「ＳＩＴが……？」

「ＷＲＴやＳＡＴは、あくまでもテロ対策だ。強盗等の刑事事案なら、当然ＳＩＴの出番だ」

榊原課長が言うように、ＳＡＴは警備部の特殊部隊で、ＳＩＴは刑事部の特殊班だ。刑事部としては、警備部だけに任せておくわけにはいかないということだろう。

「それで、現場はどちらが仕切るんですか？」

「偵察しているんだろう？　その結果で判断してくれ」

「私が判断していいんですか？」

「一番乗りしたのは、君らだろう」

「わかりました」

そう言うしかなかった。榊原課長は、自分に下駄を預けるつもりだと、安積は思った。

電話を切ると、安積は今の話を吉田係長に伝えた。

吉田係長は、ずっと双眼鏡を覗いたままだった。

「SATとSITが同じ船で来るって？ 中で分担について話し合ってくれてるといいけどな……」

「テロならSAT、それ以外の犯罪ならSIT。そう考えるしかないですね」

吉田係長は無言でうなずいた。

そのとき、中原三正から無線が入った。吉田係長が受ける。

「チャーリー、リマ。こちら警視9。どうぞ」

チャーリー、リマは、フォネティックコードだ。無線などでアルファベットを伝えるときに誤りをなくすために使用される。Aはアルファ、Bはブラボーといった具合だ。吉田係長は巡視艇に対してCLと呼びかけたのだ。

中原三正が言った。

「海保では、SSTを投入とのこと」

「SSTだと……」

須田が、はっと息を吸い込むのがわかった。安積は尋ねた。

「SSTって何だ？」

須田が目を丸くしたままこたえた。

「スペシャル・セキュリティー・チーム、つまり海上保安庁の特殊警備隊のことです」

マイクをフックに戻した吉田係長が言った。

「WRT、SAT、SIT、それにSSTか……。まるで、特殊部隊の品評会だな。そのうち、海自の特別警備隊も来るんじゃないのか」

海上自衛隊の特殊部隊が来ることはあり得ないが、吉田係長があきれるのも無理はない。

安積は言った。

「プレジャーボート一台に、大げさな気もしますが……」

「上の連中は、編成したものは使ってみたいんだ。子供のオモチャみたいなもんだ。特殊部隊の出動の機会なんて、そうそうあるもんじゃないからな。テロの疑いがあれば、即投入だよ」

それからの展開は、目まぐるしかった。

水上安全課の十七メートル型警備艇で、SATとSITが到着した。WRTの偵察班が戻り、状況をSATに伝える。一方で、安積はSITの班長と話をしなければならなかった。

海上保安庁のヘリコプターがやってきて、SSTがリペリングの準備を始めたという。リペリングとは、ロープ降下のことだ。

そうこうしているうちに、突然、「ジェナルイーズ号」が動き出した。いきなりスロットル全開で逃走を図ったのだ。

SATの分隊長が大声で言う。

「制圧する。いいですね?」

SITの班長がそれに応じる。

「待て。投降を呼びかけるのが先だ」

その両者を無視して、吉田係長が浅井に命じた。

「全速前進。『ジェナルイーズ号』を追え。停船させなきゃ何もできん」

中原三正の巡視艇も即座に動き出した。全速で「ジェナルイーズ号」を追いながら、黄色と黒のチェックパターンの旗を掲げている。

「L旗だ。うちも出せ」

吉田係長が言う。

安積は尋ねた。

「L旗って何です?」

「国際信号旗のLだ。停船命令だよ」

頭上で旋回していた海保のヘリも、船を追いはじめた。

吉田係長が、舵輪を持つ浅井ともう一人の海技職員に言った。

「逃がすなよ。海保に後れを取るな」

浅井が大きな声で「はい」とこたえる。吉田係長が見込んでいるだけのことはあって、浅井の操船技術はたしかにすばらしかった。

巧みに海保の巡視艇と連携している。この間、ほとんど無線連絡を取っていないが、まるで巡視艇の操舵手と意思が通じ合っているかのようだった。

追跡に転じた船の揺れは激しい。桜井はだいじょうぶだろうかと思ったが、もしだめだとしても追跡をやめるわけにはいかない。今は気づかうのをやめることにした。

海保の巡視艇と警視庁の警備艇三隻に追われて逃げおおせるはずもない。約三十分の追跡劇の後に、「ジェナルイーズ号」はついに停船した。

停止した船に、ヘリからＳＳＴ隊員たちがリペリングした。全員が短機関銃を持っているのが見て取れた。

それを見たＳＡＴの班長が叫んだ。

「俺たちも乗り込むぞ」

ＷＲＴが彼らの標準装備であるゴムボートを用意し、それに乗ったＳＡＴの隊員たちが「ジェナルイーズ号」を目指した。

こうなればＳＩＴは黙って見ているしかなかった。安積たちも同様だった。特殊部隊の成果を待つしかないのだ。

安積は吉田係長に言った。

「まさか、銃撃戦にはならないでしょうね」

吉田係長が言った。

「そうなれば、ＳＡＴとＳＳＴの実力がわかるな」

どうも妙だと、安積は思った。先ほどから吉田係長の態度からはまったく緊張が見て取れない。

ベテラン船乗りの自信かと思ったが、須田に負けず劣らず不謹慎な感じがする。

吉田係長が言った。

「ＳＡＴが手を振っている。制圧したようだな」

「我々も乗船しますか？」

「そうしよう」

浅井操舵手は、ぴたりと船を横付けした。水上安全第一係の係員たちが慣れた動作で、両船の舷側をロープで固定した。

吉田係長ら水上安全第一係の者たちが「ジェナルイーズ号」に乗り移り、安積たちがそれに続いた。

桜井はまだ顔が青いが、なんとか復活したようだった。

ＳＡＴの隊員が短パンにポロシャツやアロハシャツという軽装の人々を取り押さえている。男性が三人、女性が二人だ。

すでにＳＳＴの姿はない。中原三正たちの巡視艇が彼らを回収したらしい。

安積がＳＡＴの班長に尋ねた。

「この人たちは？」

「船の乗員のようです」

四十代の男たちが二人、五十代が一人。女性はいずれも二十代に見えた。

「あの……。これは間違いだったんです」

四十代の髪の長い男が言った。

「間違い？」

安積は尋ねた。

「お客さんをちょっと脅かそうとしたら、本気にしちゃって……。まさか、無線を使うとは……」

女性の一人が言った。

「人質にされたら、必死で助けを求めるわよ」

安積と吉田係長は顔を見合わせた。

吉田係長が、髪を伸ばした四十代の男に尋ねる。

「つまり、シージャックの振りをしたということか?」

「はい」

安積は尋ねた。

「なぜ、そんなことを……」

「彼はこの船のオーナーで……」

長髪の四十代の男は、五十代の太った男を指さした。「彼が、女性の客を二人、船に乗せるから、ちょっとしたサプライズをやろうと……。それで、俺とあいつで強盗の振りをしたんです」

彼はもう一人の四十代の男を指さした。そして、説明を続けた。

「そうしたら、彼女が俺たちの眼を盗んで、無線で連絡しちゃったというわけです」

吉田係長が尋ねた。

「銃声のような音がしたが、あれは何だったんだ?」

長髪がこたえる。

「爆竹です。彼女が……」

彼は、無線で助けを求めたという女性のほうを見た。

安積はその女性に尋ねた。

「あなたが爆竹を鳴らしたんですか？」

彼女はふてくされたような態度でこたえた。

「そうよ」

「なぜです？　いったい、何のために……」

「無線で嘘言っちゃったことになるでしょう。本当に警察が来ちゃって、何とかしなきゃと思ったのよ」

安積はあきれてしまった。

「爆竹を鳴らして、何とかなると思ったんですか？」

「銃を持っていると思わせれば、逃げられるかもって思ったのよ」

安積は言った。

「とにかく、全員署まで来ていただきます」

そのとき、「ジェナルイーズ号」のオーナーが言った。

「あの……。シージャックとなると、あんなにすごい装備の人たちが大勢出動してくるんですか？」

吉田係長がそれにこたえた。

「俺も、それを誰かに訊きたい」

「ジェナルイーズ号」は、「しおかぜ」が曳航していくことになった。すでに、ＳＡＴもＳＩＴも、ＷＲＴも「ふじ」ともう一隻の警備艇で引きあげた。

桜井、村雨、水野の三人が「ジェナルイーズ号」に乗り込んで、五人の人騒がせな乗員たちを監視している。彼らには署で厳しく灸を据えなければならない。

安積、須田、黒木は、「しおかぜ」に乗った。

安積は吉田係長に言った。

「とんだ大騒ぎでしたね」

「そうだな」

「狂言だということに、気づいていましたね？」

吉田係長は肩をすくめた。

「武装して人質を取った犯人にしちゃ、不自然なことが多すぎると思っていただけだ」

「ともあれ、大事でなくてよかったです」

「ああ。いろいろな特殊部隊も見られたしな……」

海上保安庁の巡視艇が離れていく。彼らも帰路に就くのだ。甲板を見ると、中原三正をはじめとする海上保安官たちが一列に並び、「しおかぜ」に向かって挙手の礼をしている。

「総員、甲板」

吉田係長の声が響いた。「返礼だ」

確保

1

部屋の中は暗かった。明かりを消したマンションの一室のベランダの向こうに、立ち並ぶビルの明かりが見えている。それが、東京湾に映って、上下のシンメトリーを描いていた。

安積剛志警部補は、望遠レンズをつけたカメラを覗(のぞ)いている水野真帆(まほ)に言った。

「そろそろ代わろうか」

水野はカメラのファインダーから眼(め)を離さずに言った。

「いえ、まだだいじょうぶです」

「交代要員は豊富なんだ。無理することはないぞ」

部屋には、須田三郎(さぶろう)と黒木和也(かずや)のコンビもいた。彼らは部屋の隅で何やらずっと話し合っている。

……というか、ほとんど須田が一人で話をしており、黒木はただそれを聞いているだけだ。よく話題が尽きないものだと、安積は感心をしていた。

普通、張り込みとなれば、捜査員はかなりの負担を強いられる。交代要員も限られているので、一人ひとりが受け持つ時間は長い。

対象者が動くまで何時間でも何日でも待ちつづけなければならない。集合住宅の一室を監視する場合、今回のように向かい側の建物に部屋を確保できるのは、実に幸運なことだった。

でなければ、捜査員たちは、路上や屋上などで張り込みをしなければならない。雨でも降れば最悪だ。それに比べれば、車両の中は快適だが、腰が痛くなったり、尿意に苦しめられたりする。今回は、対象の部屋の向かい側に、完成したばかりで入居前のマンションがあり、その一室を使わせてもらえることになった。

しかも、安積たち強行犯第一係だけでなく、相楽啓係長率いる第二係も駆り出されていた。交代要員が潤沢なのは、そのおかげだった。

強行犯第一係と第二係が一つの事案に関わることは珍しい。普通は事案を振り分けて担当するのだ。

それだけ対象者が大物だということだ。

警察庁指定の重要指名手配被疑者の一人だった。名前は大原耕治、年齢は五十一歳。連続殺人犯で、過去に三人の女性を強姦し、殺害している。

指名手配被疑者の顔写真は交番などに貼り出されており、まるで飾りのようだが、それなりに効果がある。

当てにならない通報も多いが、ごくたまにドンピシャのものがある。今回がそうだった。東京湾臨海署の地域課係員が、交番勤務のときに、近隣の住民から、指名手配被疑者の写真によく似た男を見たという知らせを受けた。

様子を見に向かったところ、たしかに大原らしい人物を視認したのだ。住民からの情報をないがしろにしなかった地域課係員の功績だ。

刑事課の榊原課長も、その情報をないがしろにはしなかった。重要指名手配被疑者の確保となれば大金星だ。

それで、強行犯担当の二つの係が、両方とも動員されることになったというわけだ。ちなみに署内では、第一係が安積班、第二係が相楽班と呼ばれることが多い。

部屋には四人で詰めているが、二人ずつ交代要員がやってきて入れ替わる。じきに、第二係の誰（だれ）かが来て、安積・水野組と交代することになっていた。

ドアが五回ノックされた。捜査員が訪ねてきたときの合図だ。黒木が素速く立ち上がってドアを開ける。

第二係の荒川秀行（あらかわひでゆき）と日野渡（ひのわたる）だった。荒川は、五十代のベテラン。一方、日野は三十代の若手だ。

荒川が安積に言った。

「どんな具合です？」

「まだ確認できません」

相手が年上なので、階級も役職も下だが、安積は敬語を使っていた。

荒川が言った。

「交代します。係長たちは上がってください」

すでに日付が変わろうとしている。

「そうさせてもらいます。あとは、よろしくお願いします」

安積がそう言ったとき、水野の声が聞こえた。

「対象者、視認しました」

彼女は続けざまにシャッターを切っている。その場にいた全員が水野の背後に集まった。水野は、今撮影した画像を液晶のモニターに映し出した。

荒川がつぶやくように言った。

「間違いなさそうだね。これ、大原だよ」

安積は言った。

「画像を榊原課長と刑事総務係長に送ってくれ」

「わかりました」

須田がそうこたえて、水野がカメラから取り出したＳＤカードをノートパソコンに差し込んだ。

安積は榊原課長に電話をした。

「係長か。どうした?」

「対象者を撮影しました。画像データをそちらに送りました」

「わかった。確認してから、折り返し連絡する」

荒川が言った。

「係長。私らと交代するはずが、帰れなくなりましたね」

「そうですね」

課長からの電話はなかなかかかってこなかった。水野は部屋の監視を続けている。

十五分ほど経ってから、ようやく安積の電話が振動した。榊原課長からだ。

「見張りを残して、係長は署に上がってくれるか」

「え……」

安積は戸惑った。「ここで待機ではなく、署に……？」

「警視庁本部から捜査一課が来る」

なるほど、警視庁本部主導で捕り物をするということか……。

「了解しました。須田、黒木、荒川、日野の四名をここに残して、私と水野は署に戻ります」

「私もこれから署に向かう。それじゃあ、後で……」

電話を切ると、安積は荒川に言った。

「本部捜査一課が来るそうです。とりあえず署に向かいます。では、あとを頼みます」

「ああ。おそらく、夜明けと同時に逮捕令状執行だろうな」

安積は、水野とともに部屋を出て、東京湾臨海署に向かった。


午前零時半には、捜査一課の一行がやってきた。佐治基彦（もとひこ）係長率いる殺人捜査第五係だった。

榊原課長が、佐治係長に言った。

「写真は確認したかね？」

「確認しましたよ。では、さっそく分担を決めましょう」

「逮捕令状の請求は……？」

「手配済みです。うちの捜査員が裁判所から持ってくる手筈（てはず）です」

「そりゃあ、手回しがいいな」

「ぐずぐずしてはいられませんからね」

まるで、所轄がぐずぐずしているような言い方だと、安積は思った。佐治係長とは何度か捜査本部などでいっしょになっているが、こういう物言いがいつも気になる。

「分担を決める」というので、実務的な話をしようと、安積は相楽といっしょに佐治係長に近づいた。

すると、佐治係長は相楽に向かって言った。

「おお、相楽か。おまえがいてくれて心強いぞ」

かつて相楽係長は、佐治係長の下にいた。本部捜査一課から東京湾臨海署の係長として異動してきたのだ。

警視庁本部の係長である佐治は警部で、所轄の係長の安積や相楽は警部補だ。本部の係長のほうが一階級上なのだ。

相楽係長が言った。

「頼りになる者はいくらでもいます」

佐治係長が言う。

「ほう。ずいぶん謙虚になったものだな」

「別にそういうわけではありませんが……」

「おまえには、前線本部で指揮してもらう。現場に指揮用の車両を持っていって、そこに詰めてくれ」

相楽係長が、ちらりと安積のほうを見た。

自分が指揮を任されたことで、勝ち誇ったような気持ちになったのだろうか。

相楽係長はいつも、安積に対して対抗心をむき出しにしてくる。東京湾臨海署に異動してくる前からそうだった。

彼が、同じ刑事課の係長になることがわかったとき、安積はかなり憂鬱だった。何でも勝ち負けで考えることを、改めるように忠告したこともあった。

だが、今でも相楽係長は変わっていないように思う。

佐治係長が榊原課長に尋ねた。

「現在の監視態勢はどうなってますか?」

榊原課長がこたえる。

「現場にいた安積係長に訊いてくれ」

佐治係長が視線を向けてきたので、安積は言った。

「現在四人で、向かいのマンションから望遠レンズで監視しています」

「四人だって?」

佐治係長が、目をむいた。「それで充分だとでも思っているのか。大原に逃げられたらどうするつもりだ」

佐治係長の大声に、その場にいた東京湾臨海署の係員たちは驚いた顔になった。

安積は平然とこたえた。

「我々がやっていたのは、監視対象者が指名手配被疑者かどうかを確認する作業です」

「屁理屈を言うな。これで逃げられたら臨海署のせいだぞ。だから所轄は当てにならないんだ」

捜査一課のプライドがそう言わせるのだろうが、安積としては聞き捨てならない言葉だ。

「大原はまだ、警察の動きに気づいていないはずです。逃がしたくないのなら、今のうちにマンションを包囲する態勢を組むべきでしょう」

「言われなくてもそうする」

佐治係長は、捜査一課の係員たちに現場に向かうように指示をした。そして、最後に付け加えた。「現場では相楽の指示に従ってくれ」

臨海署の刑事たちは顔を見合わせた。その中には、水野、村雨、桜井もいる。あとは、相楽班の連中だ。彼らには佐治係長からの指示がない。

無視されたような形だった。安積がそれに抗議しようとしたとき、相楽係長が言った。

「我々所轄は、どうしますか?」

佐治係長が怪訝そうな顔をした。

「今言っただろう。現場での指揮を任せるって……」

「自分個人のことではありません。臨海署の強行犯係のことです」

「大原を確認したことでお役ご免だ。足を引っぱられちゃかなわん」

「我々が足を引っぱることはないと思います」

「わかってる。おまえが足を引っぱることなどない。俺が言ってるのは……」

「自分の部下たちも同様です」

佐治係長が驚いた顔になって言った。

「わかった。それじゃあ、所轄には万が一大原が逃走した場合にそなえて、マンションの周辺を固めてもらおう。陣容はおまえに任せる」

「了解しました」

相楽係長は佐治に向かってそうこたえると、安積に言った。「聞いてのとおり、自分は現場に向かいます。マンション包囲の段取りをお任せしていいですか?」

安積はうなずいた。

「わかった」


相楽係長たちが出ていくと、村雨が安積に近寄ってきて、そっと言った。

「たまげましたね」

「相楽のことか?」

「ええ。まさか、佐治係長に楯突くなんて……。相楽は、佐治係長の飼い犬だとばかり思っていましたよ」

どうこたえるべきか、安積は戸惑った。村雨がこんなことを言うとは思わなかった。人間関係についてあれこれ言うタイプではない。割り切って淡々と職務をこなす男なのだ。

安積は言った。

「ああ。俺も意外に思っている」

「あの二人が仲違い（なかたが）をするはずはありませんから、何か魂胆があるのかもしれません」

「魂胆……？　どんな？」

「それはわかりませんが、油断できませんよ」

その言葉について、安積はしばらく考えていたが、やがて言った。

「そんなことより、マンションを包囲する班分けだ。おまえも手伝ってくれ」

「了解しました」

基本的に、いつも組んでいるペアをそのまま運用することにした。村雨は桜井と組む。須田の相手は黒木だ。

相楽班も同様だ。ただ、例外は、安積・水野組と、荒川・日野組だった。

安積と荒川が組んで、情報の整理をすることになったので、水野と日野が組むことになったのだ。

実際に、地図を見て人員を配置する段取りをしたのは、村雨だった。

安積はそれを確認して承認しただけだ。村雨に任せておけば安心だし、余計な口出しはしたくない。

村雨が言った。

「係長と荒川さんは、捜査本部で言う予備班です。車両を使ってください」

予備班というのはデスクのことだ。ベテランの捜査員が配置され、捜査幹部の補助をする。車両を使って張り込みができるのは、たいへんありがたい。もっと若い頃なら、突っ張って「そんな必要はない」などと言ったかもしれない。今は黙ってそれを受け容れる。

安積は、臨海署の係員たちに言った。

「さあ、俺たちも出かけよう」

出入り口に向かうと、榊原課長の声が聞こえた。

「署の名誉にかけて、大原を挙げろ」

すると、冷ややかに佐治係長が言った。

「挙げるのは、俺たち捜査一課ですよ」

安積は、黙って部屋を出た。

未明のお台場は静まりかえっている。人通りもなく、ひどく殺風景だ。マンションの窓の明かりも大半は消えている。

路上に紺色のマイクロバスが駐車している。それが相楽係長がいる前線本部だ。無線やインターネット回線などを装備しており、指令センターとしての機能を持っている。

「あの前線本部の車、見る人が見れば、一発で警察車両だとわかるよね」

助手席の荒川が言った。

安積と荒川の二人は、捜査車両に乗り、無線を聞いていた。定時の連絡が入るだけで、まだ動きはない。

車の中で二人きりになると、荒川は安積に対して敬語を使うのをやめていた。安積もそのほうが気が楽だった。荒川のほうがずいぶんと年が上なのだ。

「大原が見ればわかりますかね？」

「わかるだろうよ。逃亡犯は、いつしか警察のことに詳しくなるもんだ」

「まだ、あの車に気づいていないということですね」

「それにしても、お台場にいるとはなあ……。てっきり、海外にでも逃亡しているんじゃないかと思っていたんだが……」

「最後の事件から何年でしたっけ？」

「六年だな」

「六年の逃亡生活というのは、長いですね」

「追っかける警察のほうは、人事異動などで入れ替わり立ち替わりだ。だが、逃げるほうは代わりはいないからな……」

「疲れたのかもしれませんね」

「どうかな……。あるいは、油断しているのかもしれない。緊張感を持続させるのはむずかしい」

そのとき、無線から相楽係長の声が流れた。

「前線本部から各移動局。捜索令状が届いた。夜明けとともに執行する」

了解した旨を告げる声が、それに続く。

荒川が言った。

「昔は無線傍受される心配があったが、今はデジタルだから安心だな」

「相楽も、そのへんは心得ているでしょう」

「ああ。あの係長は、実にそつがない」

「優秀なんですね」

「そう。だが、なかなか自分でそれを認めようとしない」

その言葉が妙に気になった。

「自分で認めようとしない？　いつも自信満々に見えますが……」

荒川がふっと笑いを漏らした。苦笑だろうかと思ったが、そうではなさそうだ。

「それはね、安積係長、あの人のポーズなんだよ」

「ポーズ……？」

「鎧と言ってもいいかもしれない。そうしていないと、不安でしょうがないんだと思う」

「いつも勝負に勝つことばかり考えているんじゃないですか？」

「そう。そういうふうに自分を追い込んでいるんだ」

「俺は、競争相手をさせられて迷惑しているんです」

「そうだろうね」

安積は、しばらく迷ってから言った。

「実は、さっき、ちょっと意外なことがありましてね……」

「意外なこと……？」

安積は、先ほどの相楽係長と佐治係長のやり取りについて説明した。話を聞き終えた荒川が言った。

「そりゃあ、ちっとも意外じゃないね」

2

「意外じゃない？　相楽と佐治係長の関係を知らないわけじゃないでしょう？」

「ああ。捜査一課でいっしょにいた頃のことも、よく知っている」

「だったら……」

「相楽係長はね、今、迷っているのかもしれない」

「迷っている？」

「そう。言ってみれば、道しるべがない岐路に立っているようなもんじゃないかね」

「それこそ意外な話だと思います」

「相楽係長は誤解されやすいタイプだからねえ。いや、私らもね、係長着任当時は、どうしたもんかと思ったよ。第一係に負けるな、の一点張りだったからね」

「今でもそうでしょう」

「まあ、本人は変わっていないが、私らが変わった」

「どういうことですか?」

「真っ直ぐな人だということがわかってきたんだ」

「真っ直ぐな人……」

「愚直だということさ。正しいと思ったら、ひたすら真っ直ぐ突っ走る……」

そこで、荒川はくすりと笑った。「似てるよね」

「似てる? 誰とですか?」

「安積係長、あなたとだよ」

そう言えば、いつか別な誰かにも、そんなことを言われたような気がする。

「自分ではそうは思わないんですが……」

「向上心が強い人でね……。それが時々空回りしちまう」

「それはよくわかります」

「そういう人だから、捜査一課に入ったときはうれしかっただろうね。刑事の中のエリート集団だから……」

「捜査一課が特別なわけではありません」

「そりゃ、私だってそう思っているよ。だが、刑事を志す若い連中にとっては、憧れの部署だろう」

殺人や強盗など強行犯を専門に扱う捜査一課は、常にマスコミの注目を集める。テレビドラマや映画のおかげで、捜査一課は一般人にも知れわたっている。

「たしかに、相楽には捜査一課は似合っていたと思います」

「愚直で野心家の相楽係長だ。強力なリーダーシップを持つ係長に憧れたとしても無理はない」

「それは佐治係長のことですか？」

「そうだよ」

「強力なリーダーシップとはうまいことを言いますね」

「事実だよ。彼には部下を強引に引っぱって行く力がある」

「そういうのは、パワハラと紙一重です」

「所轄をないがしろにすることに、腹を立てているようだね」

「そうですね……」

「あれも、かなりの部分、ポーズだよ」

「何のためのポーズです？」

「部下をまとめるためだ。佐治係長は、ああいう言い方をすることで、部下のエリート意識を刺激し、団結を強め、やる気を出させようとするんだ。相楽係長は、まんまとそれに乗せられた……」

「佐治係長の飼い犬だと思っていたと、村雨が言っていました」

「捜査一課にいたときは、そのとおりだったろうね。当時は、相楽係長にも迷いなどなかった。佐治係長のやり方が一番正しいと信じていただろうからね」

「二人とも、同じくらいに嫌なやつでした」

「今の相楽係長は、そうでもないということだろう?」

安積は少し考えてからこたえた。

「臨海署に来てから、彼の言動を意外だと思うことがしばしばありました」

「私ら第二係の者たちは、いつも苛々(いらいら)した様子の係長に辟易(へきえき)していた。だが、そのうちに気づいたんだ。ああ、この人は自分自身に苛立っているんだって……」

「その苛立ちの原因は何なんです?」

「自分自身だったんだと思う。相楽係長は、疑いもなく佐治係長を信奉していた。佐治係長のやることと、言うことを、そのまま受け容れていればよかった。それが正しいことだと信じて疑わなかった。そういう状態は幸福だ。宗教みたいなもんだからな。だが、東京湾臨海署に来て、そうじゃなくなった。相楽係長は、その事実に戸惑い、そして揺れ動いている自分が許せなかったんだ」

「佐治係長のもとを離れたことで、洗脳が解けたと……」

「ただ、離れただけじゃない。異動先に、安積係長がいた……」

「俺が……?」

安積は荒川の言葉に戸惑った。「そりゃ、俺は何かと相楽から眼の仇(かたき)にされていましたから……」

「眼の仇? そうじゃないよ。相楽係長は、なんとか安積係長に追いつきたかったんだ」

「追いつきたかった……」

「そう。相楽係長は、そんな自分を認めるのが嫌で、ずっと苛立っていたんだよ」

「おっしゃっていることが、よくわからないのですが……」

「簡単なことだよ。相楽係長は、安積係長を尊敬して憧れているのさ」

「いや……。そんなことはないと思います」

「そうなんだよ。昔、捜査本部で佐治係長のやり方に異議を唱えたことがあるだろう」

「どうでしょう。そんなことがあったかもしれませんが、よく覚えていません」

「その印象が、相楽係長の中に強く残ったらしい。当初は捜査一課にいたので、安積係長のことを敵視し、憎んでさえいたようだ。だが、そのうち、安積係長のやり方が正しいのだということがわかったんだ」

「俺のやり方が正しいだなんて……。俺はいつも迷ってばかりです」

「安積係長の、何があっても部下を守ろうとする姿勢。それが正しいのだと、相楽係長は、所轄にやってきてからわかったんだ」

安積は、何を言っていいのかわからず、黙っていた。

すると、荒川が言葉を続けた。

「佐治係長と安積係長……。相楽係長は、二つの理想を見つけてしまったわけだ」

安積はかぶりを振った。

「俺が彼の理想だなんて話は、とうてい信じられません。それは荒川さんの思い過ごしでしょう」

荒川は肩をすくめた。

「そうかもしれない。本人から話を聞いたわけじゃないからね」

「相楽はそんなことは絶対に思っていないはずです」

「まあ、どう思うかは勝手だが、いずれ安積係長にもわかるときがくると思う」

安積は、それきり口をつぐんだ。荒川も何も言わなかった。

夜明け前に、二人きりで車に閉じこもっているとろくな話にならない。安積は、そんなことを思っていた。


もうじき夜が明けるという時刻に、安積の携帯に相楽から着信があった。無線ではなく、電話で連絡してきたのはなぜだろうと思った。

「はい、安積」

「指揮車に来てもらえますか?」

「何かあったのか?」

「いえ……。もうじき、身柄確保の時間ですので……」

どういうことだろう。

捜査一課の連中が身柄確保に向かい、万が一、大原が逃走したときのことを考えて、安積たちが包囲網を敷いているのだ。

このタイミングで呼び出される理由がわからない。だが、来いと言うのなら行くまでだ。

「わかった。すぐに行く」

電話を切ると、荒川に通話の内容を説明した。

荒川は言った。

「ここは私一人でだいじょうぶだ。とにかく、行ってみたほうがいい」

安積は車を下りて、駆け足で指揮車に向かった。

五回のノック。これは、監視対象の向かいのマンションで見張りをしている者たちと共通の合図だ。

ドアが開き、安積は車に乗り込んだ。片側に作り付けの机があり、そこにパソコンや無線、ビデオカメラのモニターなどが並んでいる。

捜査員がその机に向かってモニターを睨(にら)んでいる。いずれも捜査一課の連中だ。その向こうに相楽がいた。

安積は言った。

「どうした?」

相楽は、一枚の紙を掲げた。それが逮捕令状だということはすぐにわかった。安積は、眉(まゆ)をひそめた。

相楽が言った。

「これ、安積係長にお預けします」

相楽が何を言っているのかわからなかった。その場にいる捜査一課の係員たちも同様の様子だった。

安積は尋ねた。

「逮捕令状を……?」

「ええ。安積係長たちで執行してください」

安積は驚いた。

「俺たちに、大原の身柄を取れと言っているのか?」

「そうです」

いったい、なぜだ……。安積がそう尋ねる前に、捜査一課の捜査員が大声を上げた。

「ばかなことを言うな」

相楽よりも年上の捜査員だ。「おまえ、何考えてるんだ」

相楽がその捜査員に言った。

「自分はこれでも係長ですよ。言葉に気をつけてください」

「ふん、所轄の係長が何だって言うんだ」

「どうせ、逮捕後は身柄を臨海署に運ぶんです。それなら、臨海署の捜査員にやってもらったほうが手間が省けるでしょう」

捜査員はいっそう声を大きくする。

「捜査一課が身柄を確保するんだと、佐治係長が言っただろう。ふざけたことを言うな」

相楽は一歩も引かない。

「前線本部の指揮は自分に任せると、佐治係長が言ったのをお忘れですか？」

「何だと？」

「だから、自分の指揮に従ってもらいます。安積係長、すぐに逮捕令状を執行して身柄を確保する準備を始めてください」

「ふざけるな」

捜査一課の面々が席を立とうとした。相楽が一喝した。

「動かないでください。自分の指示に従わず、邪魔をした者は、公務の執行を妨害したものと見なします」

その毅然とした態度に驚いたのか、捜査一課の連中は動きを止めた。相楽は、彼らの背後を進んできて、安積に逮捕令状を手渡した。

なぜだかわからないが、相楽は臨海署で被疑者の身柄を取ることに決めたようだ。それは、佐治係長の指示に背く行為なので、無線ではなく電話で安積を呼んだのだろう。

安積は言った。

「相楽班の手も借りるぞ」

「もちろんです」

安積はうなずき、指揮車を出ると、荒川がいる車に戻った。

荒川が安積に尋ねた。

「何の話だった?」

安積は逮捕令状を荒川に見せた。

「臨海署の強行犯係で執行しろということです」

一瞬驚いた顔になった荒川は、やがて笑顔を見せた。

「……となれば、急いで態勢を組み直さないとな」

「俺が逮捕令状を執行します。荒川さんもいっしょに来てください」

「わかった」

3

「日の出です」

村雨が言った。

大原の部屋の前に、安積、荒川、村雨、日野の四人がいた。残りの捜査員は、周囲を固めている。

安積がドアチャイムを鳴らす。緊張の瞬間だった。だが、その後の展開は意外なほど円滑だった。大原はまったく抵抗するそぶりを見せなかった。

寝起きの彼は、刑事たちを見るとすぐに事情を察した様子だった。そして、大きく息をついた。それは、すべてを諦(あきら)めたことを意味していたのかもしれない。あるいは、安堵(あんど)の吐息かもしれないと、安積は思った。

安積はその場で逮捕令状を執行し、捜査車両で身柄を東京湾臨海署に運んだ。被疑者確保はあっけないくらいの幕引きだったが、問題はこの後だと、安積は考えていた。


「いったい、どういうつもりだ？」

佐治係長が、引きあげてきたばかりの相楽係長に詰め寄った。

その剣幕に、部屋の空気が張り詰めた。それまで、被疑者確保で、捜査員たちは笑顔を見せていたのだが、それが一瞬にして消え去った。

佐治係長のまわりには、捜査一課の捜査員たちがいる。おそらく、指揮車の中で相楽とやり合った捜査員が、佐治係長にことの顚末(てんまつ)を伝えたのだろう。

相楽は、表情を閉ざしている。悪びれた様子もないし、佐治係長を恐れているような様子もない。

彼は言った。

「報告します。午前五時二十分、被疑者・大原耕治を逮捕しました」

「誰が逮捕したんだ？」

「誰でもいいでしょう。被疑者を確保できたんですから」

「捜査一課は子供の使いじゃねえんだ。何のために駆けつけたと思っているんだ」

相楽がまったくひるむ様子をみせずに言った。

「臨海署の捜査員だって、子供の使いじゃないんです」

佐治係長は、すさまじい形相で相楽を睨みつけて言った。

「なぜだ？　なぜ俺の指示に従わなかった？　理由を言え」

「現場の判断です。係長は、自分に前線本部を任せるとおっしゃいました」

「勝手なことをしろと言ったわけじゃない」

「前線本部にいて、最良だと思われる手段を選択しました」

「所轄にやらせるのが最良だと言うのか」

「はい」

「なぜ、そんなことが言える」

「自分は、臨海署の強行犯係ですから」

佐治係長は無言で相楽を見据えている。言葉が見つからない様子だった。やがて彼は言った。

「引きあげる。あとのことは、きっちりやっておけ」

相楽がこたえた。

「お任せください」

佐治係長が大きな足音を立てながら、部屋を出ていった。捜査一課の面々がそれに続く。

彼らが出ていくと、榊原課長が言った。

「やれやれだ……。ともあれ、無事に被疑者を確保できてよかった。さて、私は引きあげることにするよ」

榊原課長も部屋を出た。

安積は、どうしても気になって、相楽に近づき、小声で尋ねた。

「どうして、佐治係長の指示に従わなかった？」

「指示に従わなかったわけじゃありません」

相楽の口調は、相変わらずぶっきらぼうだった。「さっき言ったとおり、最良の手段を選んだだけです」

「捜査一課にやらせれば、角も立たなかったんじゃないのか？」

「臨海署の地域係が情報を得て、自分らが確認を取ったんです。臨海署の事案ですよ。捜査一課に持っていかれるのは、悔しいじゃないですか」

「どっちにしろ、被疑者の身柄はここに運ぶんだ」

「指揮車の中でも言いましたがね。だから、臨海署で身柄確保したほうが手間が少ないと判断したんです」

安積はうなずいた。

「そうか」

そして、相楽が最後に言った。

「臨海署がなめられるのは、悔しいじゃないですか」

大原の送検も済み、安積班も相楽班も、それぞれに事案をかかえて忙しい日々を過ごしていた。

あれ以来、佐治係長は何も言ってこないようだ。それはそうだろう。佐治係長だって、いつまでもつまらないことを引きずってはいられないはずだ。

もし、わだかまりが残ったとしても、それは佐治と相楽の問題で、安積には関係のないことだ。そう割り切ることにした。

大原確保の日、車の中で荒川から聞いた話は何だったのだろうと、安積は思う。夢でも見ていたような気分だ。

本当に夢だったのかもしれない。徹夜で張り込みをしていたので、つい居眠りをしたということも考えられる。

それくらいに、今となっては現実味のない話だった。

相楽は、相変わらず面倒臭いやつだった。そのほうがいいと、安積は思った。一方的に対抗心を燃やしているだけなのだから、対処もしやすい。

ただ、今回のことで、少しだけ彼に対する見方が変わった。

今や、相楽も東京湾臨海署の一員になったのだ。

安積は改めて、そう思うのだった。

大物

1

刑事課の部屋に、怒鳴り声が響いた。

といっても、この部屋では珍しいことではないので、誰(だれ)も驚いたりはしない。何人かが、ちらりとその声のほうに眼(め)をやっただけだった。

慣習で「刑事課」と呼んでいるが、正確には「刑事組織犯罪対策課」だ。二〇〇三年の警視庁の組織改編により、そう改められたが、長ったらしいので、普段は誰もそう呼ばない。

年配の署員はたいてい「刑事課」だし、若手は「刑事組対課」などと言っている。

声は、組織犯罪対策係のほうから聞こえた。いわゆるマル暴だ。組織改編の前は、刑事課の中の「暴力犯係」だったので、こちらもいまだにそう呼ぶ者が多い。

安積もいつもなら別に気にしないのだが、怒鳴られているのが自分の部下となれば、話は別だ。

組織犯罪対策係の古賀(こが)巡査部長に、桜井が怒鳴られているのだ。

何事だろうと、安積は席を立とうとした。

「係長……」

村雨がそれに気づいて声をかけた。安積が視線を向けると、村雨が言った。

「放(ほう)っておいてだいじょうぶです」

安積は立ち上がって言った。

「そうもいかない。何があったのか、話を聞かないと……」

安積は、組織犯罪対策係、通称、暴力犯係に近づいた。村雨も立ち上がり、ついてきた。村雨は桜井の教育係なのだ。

すでに古賀の怒鳴り声は止んでいるが、桜井はまだ解放されずにいた。

「いったい、何事だ？」

安積が声をかけると、憤懣やるかたないといった表情のまま、古賀巡査部長がこたえた。

「桜井が、検挙のチャンスをつぶしちまったんですよ」

「検挙のチャンス？　マルＢか？」

マルＢは暴力団員のことだ。

「そうですよ」

「桜井がおたくらの邪魔をするとは考えられないんだが」

「すぐに俺たち組対に知らせてくれればよかったんです」

安積は、古賀と桜井を交互に見て言った。

「経緯を説明してくれ」

立ち話をしている安積たちは、刑事課全体から注目を浴びていた。だが、安積は気にしなかった。聞けるときに、ちゃんと話を聞いておくべきだ。

古賀が説明を始めた。

管内の飲食店で恐喝事件があったのだという。客が複数で、店の経営者に脅しをかけて、金品を奪おうとした。

従業員の通報で、地域課の係員が駆けつけた。無線を聞いた桜井も急行したのだそうだ。

「そう、こいつら、格好つけやがって、恐喝犯たちを追っ払っちまったんですよ」

古賀がいまいましげに桜井を睨む。

安積は、桜井に尋ねた。

「それは、本当のことか？」

「飲食店のオーナーが困った顔をしてましたからね。何とかしなけりゃと思ったんです」

古賀が嚙みつく。

「それで、犯人を取り逃がしてどうするんだ」

桜井が言う。

「恐喝恐喝と言いますが、その事実は確認できなかったんです」

「被害者が困っていたと言ったじゃないか」

「そりゃ、あんな連中に絡まれりゃ困った顔をしますよ。でも、金品を要求していたかどうかの確認は取れていません。飲食店オーナーも、それについては明言していませんし……」

「やつらを引っぱる、千載一遇のチャンスだったんです。それを、こいつは……」

安積は古賀に尋ねた。

「恐喝犯を知っているということか？」

「ええ。以前からマークしているマルBです。暴対法と排除条例以降、連中は地下に潜ってほとんど動きが見えないんです」

主犯格の名前は、牧田隆二（まきたりゅうじ）。年齢は三十五歳だという。臨海署管内に居を構える安佐地（あさじ）組の代貸だ。

「牧田はですね」

古賀が安積に言った。「頭（ペテン）がよくて、なかなか尻尾（しっぽ）を出さない。フロント企業でお行儀よくサラリーマンみたいなことをやってるんです」

すると、桜井が言った。

「お行儀がいいなら、別に検挙しなくてもいいじゃないですか」

火に油を注ぐ一言だ。安積は舌打ちをしたい気分だった。

案の定、古賀の顔が怒りで真っ赤になる。

「ふざけんなよ。マルB挙げるのが、俺たちの仕事なんだよ」

安積が補足するように、桜井に言った。

「お行儀がいいのは、あくまでも表向きで、実際に恐喝なんぞをやるわけだ」

「とにかく」

古賀が桜井に言った。「この落とし前は、きっちりつけてもらうからな」

捨て台詞（ぜりふ）だった。古賀は、桜井にくるりと背を向けた。ようやく桜井は解放された。

村雨は安積のすぐそばに立っていたが、結局、一言も口をきかなかった。

何を考えているのだろう。安積は、思った。村雨の躾（しつけ）は厳しい。桜井は大目玉を食らうことになるのではないだろうか。

ヘマをやったのだから、叱られるのは当然だ。だが、叱り方が問題だ。村雨は、どんな言い方をするのだろう。それが気になっていた。

安積は席に戻った。

桜井が席のそばにやってきて、頭を下げた。

「ご迷惑をおかけしました」

安積は言った。

「そこじゃないだろう」

「え……？」

「迷惑をかけたと謝る必要はない。謝るとしたら、もっと別なことだろう」

「はあ……」

「慎重に行動すべきだった。そうだろう。注意深く、恐喝の事実を立証し、被疑者を検挙すべきだった。そのほうが、被害者のためにもなる。古賀が言うとおりだ」

「すいません。気をつけます」

桜井はいつも、素直に謝る。滅多に口ごたえをしない。それはいいことだと思うのだが、安積はどうもすっきりしなかった。

桜井はもしかして、本音をずっと押し殺しているのではないだろうか。村雨がそういうふうに教育しているおそれがある。

村雨と桜井はペアを組んで長い。当初、桜井は新米刑事だったので、村雨は指導部長といった立場だった。それ以来、ずっと教育係を任せきりだ。

実際に、村雨がどういう教育をしているのか、細かく知っているわけではない。村雨に任せておけば間違いはないという思いもあった。

だが、その反面、村雨は桜井を型にはめようとしているのではないかという危惧（きぐ）もあった。

その村雨は、何も言わずパソコンに向かっている。何か書類仕事をしているのだろう。

桜井が席に戻っていくと、村雨が何事か話しはじめた。安積は、その様子をさりげなくうかがっていた。

それにしても、と安積は思う。

せっかくの検挙のチャンスを、桜井の軽率な行動でふいにしてしまったのだ。古賀はおさまらないだろうし、組織犯罪対策係の真島喜毅（まじまよしたけ）係長も腹を立てているに違いない。

ここは、頭を下げに行ったほうがいいな。

そう思い、安積は再び組織犯罪対策係の島に向かった。

近づいていくと、真島係長が安積に気づいて言った。

「安積係長、何か俺に用か?」

真島は、実にマル暴らしい風貌（ふうぼう）をしている。つまり、限りなくマルBに近いということだ。

「うちの桜井が、迷惑をかけたようなので、謝りに来た。すまなかったな」

「ああ、古賀がわめいていた件だな。古賀にはうるせえって言っておいたぜ」

「うるせえ……?」

「そうだ。ガキじゃねえんだから、ぎゃあぎゃあ騒ぐなってんだ」

その古賀の姿はすでになかった。外回りにでも出かけたのだろう。

「牧田ってやつを、長いこと追ってたんだろう?」

「地味に追い詰めるのが、俺たちの仕事なんだ。だから、いずれは挙げてやるさ」

「そう言ってもらうと、気が楽になる」

「本当のことだ」

「だが、いちおう謝罪しておく。じゃあ……」

「ああ」

真島係長が言ったことを額面通り受け止めていいものだろうか。そんなことを思いながら、安積は席に戻った。

村雨と桜井の姿が消えていた。


その翌日の、午前中のことだ。

強行犯第一係のそばを通りかかった古賀に、桜井が声をかけた。

「すいません。ちょっといいですか?」

安積は驚いた。

昨日の今日だ。桜井には、まだ何か言いたいことがあるのだろうか。揉め事があったあとは、おとなしくほとぼりが冷めるのを待つのが普通だろう。

古賀が立ち止まった。桜井を見据えている。

桜井は立ち上がり、古賀に近づいた。

二人は何か話しはじめたが、安積の席からは遠くて、話の内容はわからない。

村雨はどうするだろう。そう思い、安積は彼を見た。

村雨は、何も言わないばかりか、桜井たちのほうを見てもいなかった。

「何だと……？」

古賀の声が大きくなった。「そりゃ、どういうことだ」

桜井の声も聞こえてきた。

「どういうことって、言ったとおりの意味ですよ」

古賀はしばらく何事か考えている様子だった。やがて、彼はまた小声になり、桜井に何か言ってから立ち去った。

桜井が席に戻った。

村雨が何も言わないのだから、安積も無視しようかと思った。だが、気になってそのままにすることができなかった。

「桜井」

安積が呼ぶと、すぐに席の脇（わき）にやってきた。

「係長、何でしょう？」

「古賀と何の話をしていたんだ？」

「あ、それについて、ちょうど相談しようと思っていたところなんです。まず、村雨さんに話を聞いてもらおうかと思っていたんですが……」

村雨がそれに気づいて、こちらを向いた。

「なら、いっしょに話を聞こう」

そして、村雨も席を立って、係長席に近づいてきた。

桜井が話しはじめた。

「組対係と合同捜査をできないかと思いまして……」

安積は思わず聞き返した。

「合同捜査？」

「ええ」

「何を捜査しようと言うんだ？」

「もちろん、恐喝事件です」

「古賀に怒鳴られた件か？」

「そうです」

安積は村雨の顔を見た。どういうことか理解できなかったのだ。

村雨が桜井に言った。

「おまえは恐喝犯を追っ払ったが、ただそれだけじゃなくて、その先があるってことか？」

「わかりません。でも、調べてみる価値はあると思うんです」

安積は言った。

「失点を取り返したいという気持ちはわかるが、根拠もないことに時間を割くのを認めるわけにはいかない。組対係も同様だろう」

「たしかに、現時点では根拠はありませんが……」

「おまえも、刑事の仕事がどんなものかわかっているはずだ」

「ええ、勝手な捜査が許されないことは、よくわかっています。ですから、こうして相談しているんですが……」

刑事が事案を拾ってくることなど稀だ。たいていは、上から事案が降ってくるのだ。そして、捜査員はその仕事に忙殺される。

どうしたものかと思っていると、村雨が言った。

「張り付いて様子を見たいということか？」

桜井がこたえた。

「あの恐喝犯は、追っ払われてそれで終わりにするやつとは思えませんでした」

「組対係に任せておけばいい」

「恐喝は、強行犯係の仕事ですよ」

村雨が安積のほうを見た。

安積は、桜井に尋ねた。

「古賀に、合同でやろうと持ちかけたわけか？」

「そうです」

「何と言われたんだ？」

「向こうも係長に話してみるということでした」

これも意外なこたえだった。古賀は、桜井の申し出など突っぱねるだろうと思っていたからだ。

安積はしばらく考えてから、村雨に尋ねた。

「今、抱えている事案は？」

「急ぎのものはありません」

つまり村雨は、桜井の言うとおりにやってもいいと言っているのだ。

安積はうなずいた。

「わかった。俺が真島係長と話してみる」

桜井が頭を下げた。

「お願いします」

すると、村雨が言った。

「何か確実な説得材料を見つけるんだ。でないと、係長に納得してもらうことはできない」

桜井がこたえる。

「わかりました。さっそく現場付近で聞き込みをやります」

「単独行動は禁止だ。俺も行く」

二人が去っていこうとした。安積は、村雨を呼び止めた。

村雨が桜井に言った。

「下で待っててくれ」

「はい」

桜井が刑事課の部屋を出ていくと、安積は言った。

「たまげたな。桜井のやつは、昨日怒鳴られたばかりの古賀に、しれっと話しかけるんだからな……」

「そうですね……」

「組対との合同捜査の件、どう思う?」

「牧田がこのままおとなしく引っ込んでいるとは思えないという、桜井の意見にはうなずけます」

「何か説得材料が見つかると思うか?」

「見つけますよ」

安積はうなずいた。

「わかった。桜井が待っているだろうから、行ってくれ」

「待てと言われれば、いつまでも待ちつづける。桜井はそういうやつですよ」

そう言って、村雨も刑事課を出ていった。

そうなのだろうか。

安積は、村雨の言ったことについて考えていた。桜井をそういう眼で見たことはなかった。

とにかく組対係に行って、真島係長と話をしよう。

安積は席を立った。

2

「おう。その話なら古賀から聞いたよ」

真島係長が言った。古賀は、席に着いたまま係長席の話に聞き耳を立てている様子だ。

真島係長の言葉が続く。

「俺はおもしろそうな話だと思うんだけどね……」

「おもしろそう……？」

「ああ。強行犯係と組むなんて、おもしろそうじゃねえか」

「やるということか？」

「だからさ、俺はそう思っているんだけど、古賀がなあ……」

安積が古賀のほうを見ると、眼が合った。古賀が立ち上がり、係長席に近づいてきた。このきっかけを待っていたようだ。

真島係長が言った。

「何だよ。呼んでねえぞ」

古賀が気をつけをして言った。

「安積係長に申し上げたいことがあります」

安積ではなく、真島係長が尋ねた。

「何の話だ?」

「牧田のことは、我々に任せていただきたいと思います。組対係の事案ですので」

真島係長が安積に言った。

「なあ。こいつは、こういう杓子定規なやつなんだ」

「うちにも、杓子定規なのがいるよ」

安積は、村雨の顔を思い浮かべながら、そう言った。

「マルBのことは、俺たちマル暴の仕事だ。まあ、こいつはそう言いたいわけだ」

安積は桜井の言葉を思い出した。

「恐喝は、強行犯係の仕事だ」

真島係長が、古賀を見た。

「安積係長はこうおっしゃっているが、どうだ?」

古賀は気をつけをしたままこたえた。

「あの店を張り込んだところで、意味はないと思料いたします」

真島係長が尋ねる。

「なぜだ?」

「牧田は、ケチがついた相手を何度も攻めるようなやつじゃありません」

それを聞いて、安積は言った。

「その点については、桜井と見解が異なるようだな」

真島係長が言った。

「ほう……。見解が異なる……」

「そう」

安積はこたえた。「牧田は、このままその店を放っておくようなやつじゃないと、桜井は言ってる」

「牧田に関しては、古賀のほうがずっと詳しいはずだ。ストーカー並みに追っていたからな」

古賀は一瞬、何か言いたそうにした。ストーカーにたとえられたことが心外だったのだろう。

だが、結局何も言わなかった。

安積は言った。

「うちの桜井だって、それなりに人を見る眼はある」

真島係長が凄(すご)みのある笑みを浮かべた。

「ますますおもしろいねえ……。どうだい、古賀。桜井の言うことが正しいかどうか、とことん付き合って確かめてみたくねえか」

「自分は……」

古賀の返事を待たずに、真島係長が安積に言った。

「桜井の話、俺は乗ったぜ」
安積はうなずいた。
「合同捜査だな。では、よろしく頼む」

牧田の件は、桜井と村雨の二人に任せることにした。合同捜査だからと言って、係員全員を投入することはできない。

取りあえず、二人で充分だろうと、安積は判断した。

その日から、桜井と村雨は出ずっぱりになった。報告によると、組対係の捜査員とともに完全な隠密(おんみつ)行動を取っているのだという。

合同捜査とはいえ、主導権は組織犯罪対策係にあると、安積は考えていた。被疑者は暴力団員だし、恐喝という犯罪も暴力団にありがちなものだ。

そして、動かしている人員もおそらく組織犯罪対策係のほうが多いだろう。桜井が最初に迷惑をかけたという負い目もある。

だから、桜井と村雨は応援要員ということでかまわないと、安積は思った。

夕刻に、村雨から報告の電話があった。安積は尋ねた。

「どんな様子だ？」

「組対の連中と交代で張り込みをやっています。強行犯の捜査と違って、えらく退屈です」

「おい、そういう発言を組対の連中に聞かれたら面倒だぞ」

「心配いりません。周りには誰もいません」

そうだろうな。村雨のことだから、そういうところはぬかりはないはずだ。

「牧田が再びやってくるとは限らないな」

「そうですね」

「いつまで張り込みを続けるんだ？」

「組対係次第ですね。彼らは、気が長そうです」

「こちらの仕事に支障が出るようなら、おまえたち二人を呼び戻す」

「了解しました」

「桜井の様子は？」

「あいつは、どこにいても変わりません」

この村雨の発言にも意外な気がした。安積は強行犯係の連中といっしょにいる桜井しか知らない。

「何かあったら、すぐに知らせてくれ」

「了解です」

安積は電話を切って考えた。

桜井は、どんなやつだったっけ……。

安積班で一番若く、最も経験が少ない刑事だ。村雨といつもいっしょにいる。忠実に仕事をこなし、礼儀正しい。そのへんは、村雨の教育の賜物(たまもの)だと思っていた。

だが、それ以上のことになると、安積は思い浮かべることができなかった。

村雨が桜井をどういうふうに教育しているのかが、いつも気になっていた。犬の躾のように絶対服従を教え込んでしまうのではないか……。そんな危惧を抱いたことさえあった。

だが、それは桜井のことを心配してというより、村雨の言動を気にしてのことだったのかもしれない。

俺は、桜井を村雨の付属品のように考えていたのではないだろうか。

そんなことを思って、一瞬愕然とした。

ちょうどそこに、交通機動隊小隊長の速水直樹がやってきた。彼は、都内のパトロールだけでは飽き足らず、こうして署内をパトロールして歩くのだ。

「どうした、係長。妙な顔をして……」

「妙な顔？」

「幽霊でも見たような顔だ。俺がそんなに恐ろしいか？」

「ちょっと考え事をしていたんだ」

「考え事という顔じゃなかったぞ」

安積は速水を追っ払おうとして、考え直し、言った。

「桜井のことを考えていた」

「ああ……。マル暴の古賀とやり合ったらしいな」

「やり合ったわけじゃない。ヘマをやって叱られたんだ」

「恐喝されていた飲食店のオーナーを助けたんだろう。別にヘマじゃない」

「おまえは、どこからそういう情報を仕入れるんだ？」

「署内パトロールは伊達(だて)じゃないんだ」

「組対の古賀に迷惑をかけたんだ。ヘマをしたも同然だ」

「……で？　その桜井について、何を考えてたんだ？」

「どう言ったらいいか……」

　安積は、しばらく考えてから言った。「俺は、桜井のことをほとんど知らなかったんじゃないかと……」

「そんなわけないだろう。桜井とも長い付き合いだ。係長のおまえが知らないわけがない」

「俺もそう思っていた。だが、改めて桜井のことを考えてみたら、通り一遍のことしか思い浮かばない。それって、知っていることにはならないだろう」

「だが、知っていることもある。そうだろう」

「村雨とペアを組んでいる桜井のことしか知らない。つまり俺は、いつも村雨のことを気にしていたんじゃないかと思う」

「村雨のことを気にしていたって？　それはいい意味でか？　よくない意味でか？」

「両方あるが、まあ、パーセンテージから言うと、よくないほうが多いかな……」

「正直なやつだな。村雨には絶対に聞かせられない」

「つまり俺は、桜井を村雨の付属物としてしか見ていなかったんじゃないかと思う」

「それはおまえの責任なのか？」

「責任とか、そういう問題じゃないと思うが……」

「おまえは俺のことをどれだけ知っているんだ？」

そう尋ねられて、安積はしばらく考え込まなければならなかった。

「どうこたえていいかわからない」

「たぶん、俺に関しても知っている部分と知らない部分があるはずだ。でも、おまえはそれについて、あれこれ考えたりはしないはずだ」

「もちろん、おまえのことなど考えない」

速水は、にやりと笑った。

「まあ、そんなもんだろう。桜井だって同じじゃないのか？」

「同じとは思えない。俺は、桜井が本当はどんなやつなのか、わからないような気がしてきた。それを、村雨のせいにしていたのかもしれない」

「村雨のせいに……？」

「そう。桜井が自分の個性を主張しないように、村雨が教育したんじゃないかと思ったんだ」

「そして、それが間違いだと気づいた……」

「わからない」

「わからないというのは、悪いこたえじゃない。否定しているわけじゃないからな」

「本当にわからないんだ」

「それでいいんじゃないのか」

「そうかな……」

「どれくらい他人のことがわかるかというのは、お互いの関係性によるんだろう」

「どういうことだ?」

「俺とおまえの関係、村雨とおまえの関係、そして桜井とおまえの関係……。すべて違うんだ。だから、相手への関心度も違えば理解度も違ってくる。それはごく当たり前のことだ」

「そこまではわかる」

「桜井は、おまえにもっと関心を持ってもらえるように振る舞わなければならない。向こうの責任でもあるんだよ。それが人と人との関係性ってやつだ」

「たまげたな。まるで悟りを開いた人のような言い方だ」

「そうだ。交機隊だからな」

「いずれにしろ、今後はもっと、桜井に眼を向けるようになるかもしれない」

「古賀との件だな。物事は、どんなことがきっかけになるかわからない」

「そうだな」

速水は笑みを浮かべると、その場から去っていった。

それから二日後の夕刻のことだ。村雨から電話があった。

「牧田隆二と井口辰彦の身柄を確保しました」

「牧田はわかるが、イグチタツヒコというのは何者だ？」

「恐喝の被害にあったと思われていた人物です」

「その言い方だと、恐喝の被害者ではないように聞こえるぞ」

「いや、恐喝の事実はありました。だから、牧田は現行犯逮捕です」

「被害者が逮捕されたというのは、どういうことだ？」

「まだ逮捕ではありません。任意で事情を聞き、その後逮捕状の執行ということになると思います。とにかく、戻って報告します」

「わかった」

村雨が戻ってきたのは、それから約三十分後だった。

「桜井はどうした？」

「今、生活安全課と話をしています」

「生活安全課……？」

「ええ。飲食店オーナーの井口には、売春防止法違反の疑いがあります」

「売春……？　誰かに売春をやらせていたということか？」

「店のバイトに客を取らせていたようです。牧田はそれを嗅ぎつけたんでしょうね。一枚嚙んで上がりをかすめようとしたわけです」

「恐喝というのは、そのことだったのか」

「はい。その様子を見ていた店の従業員が、驚いて一一〇番してしまったというわけです。そして、地域課が駆けつけ、無線を聞いた桜井が飛んでいった……」

「井口がやっている飲食店というのは、どんな店なんだ？　キャバクラか何かか？」

「いえ、小さなスナックです。その割には、女性バイトの数が多いと評判だったそうですが……」

その女性たちに、売春をやらせていたわけだ。店が拠点だとすれば、摘発の対象となる。

「桜井が駆けつけて、牧田を追っ払ったと聞いたときは、無鉄砲にも程があると思っていたんだが……」

「その後、組対との合同捜査を言い出したのは、ご存じのとおりですが、この間、生安課とも連絡を取って、売春の内偵をしていたようです」

安積は驚いた。

「生安と内偵……」

「それが功を奏して、牧田、井口の両方の身柄を確保できたということです。一石二鳥でしたね。組対も生安も喜んでます」

「結果オーライというわけだな」

そこに桜井が戻ってきた。

安積は彼に言った。

「生安課に行っていたんだって？」

「はい。井口の容疑が固まったので、生安で逮捕状を取るということでした」

「そうか」

「あの……。すいませんでした」

「何だ？」

「牧田は、組対係に、井口は生安課の保安係に持っていかれました。うちの手柄は何もなしです」

「そんなことはどうでもいい。恐喝と売春。いっぺんに二つの犯罪を検挙できたことは大きい」

「ええ、そうですね」

「まるで、他人事（ひとごと）みたいな言い方だが、二人の関係に気づいていたのか？」

「二人の関係？」

「牧田と井口の関係だ。単なる恐喝じゃなかった。牧田は井口の弱みにつけ込んで、金を吸い上げようとしていたわけだ」

「駆けつけたとき、なんか変だと思ったんですよ。井口は、被害届けを出さないと言うし、従業員が通報したことに腹を立てている様子でした」

「それを、古賀に説明したのか？」

「いやあ、説明なんてできないですよ。何の根拠もありませんからね。だから、調べてみようと思ったんですが、勝手に調べるとまた古賀さんが怒るでしょう」

「それで、合同捜査を持ちかけたのか？」

「はい」

「それは、俺たち管理職が考えることなんだがな……」

「あ、すいません。村雨さんや係長に相談してからと思っていたんですが、古賀さんが通りかかったのを見て、つい声をかけてしまったんです」

「わかった。今回はたまたまうまくいったからいいが、いつもそうなるとは限らない。今後は、必ず村雨か俺に相談するんだ」

「はい。わかりました」

いつもながら、返事はいい。

これで、すべて話は済んだ。そのはずだったが、どうもすっきりしない。安積は、しばらく考えてから、村雨に言った。

「ちょっと、来てくれ」

「は……？」

「外の空気を吸いに屋上に行く。つきあえ」

「はい」

安積は席を立って屋上に向かった。村雨は一言も口をきかずについてきた。叱られると思っているのだろうか。神妙な面持ちだ。

屋上に出て、海を眺めながら、安積は言った。

「放っておいてだいじょうぶです。おまえ、そう言ったな？」

「は……？」

「桜井が古賀に怒鳴られていたときのことだ」

「ああ……。そうでしたね」

「なぜ、そう言ったんだ？」

「桜井は、怒鳴られるくらい平気だと思ったからです」

「実際に、けろりとしていたな」

「あいつは、そういうやつです。へこまないんですよ」

「へこまない？」

「そうです。係長もご存じのことと思いますが、それが桜井のいいところなんです。自分がどんなに厳しく叱っても、あいつは落ち込んだりしないんですよ」

ちっとも「ご存じのこと」ではなかった。そんなことは考えたこともない。

安積は言った。

「あいつはいつもおとなしいので、おまえが押さえつけているのかと思った」

村雨は苦笑した。

「桜井はそんなタマじゃないですよ」

「そんなタマじゃない？」

「ええ。誰かに押さえつけられて黙っているようなやつじゃありません。いつもおとなしいのは、もともと一人で考えるタイプだからです」

「そう言えば、何を考えているかわからないところがあるな……」

「頑固なやつでしてね……。一度こうと決めたら、なかなか考えを変えません」

「おまえの話を聞いていると、桜井はずいぶんと扱いにくそうだな」

「いえ、言うことは聞くんです。無駄に逆らうようなことはしません。そのへんは、ちゃっかりしているというか、警察の組織にちゃんと順応しています。しかし……」

「しかし？」

「扱いを間違えば、面倒なことになりますね。頑固でめげることを知りませんから」

「怒鳴られた次の日に、平然と古賀に合同捜査を持ちかけるんだからな」

「そう。下っ端の役割を演じていますが、実は大物なのかもしれないと、自分は思っています」

なるほど、と安積は思った。

本当の大物は、そうは見えないものだ。

「おまえと組ませてよかった」

安積は言った。「おまえ以外のやつだと、扱いに困ったかもしれない」

「いやあ、桜井なら誰とでもうまくやりますよ」

「従順に振る舞うわけだな？」

「ええ。賢いですからね」

「だが、決して自分を曲げない……」

「はい」

「何だか嫌なやつに聞こえるぞ」

「いや、それを計算でやっているわけではなく、桜井の場合はごく自然なんです。本人も演技をしているなどとは、思っていないでしょう」

「なるほどな……。おまえが言うとおり、桜井はなかなかの大物かもしれない」

海風が冷たい季節となった。体が冷え切る前に、刑事課に戻ることにした。

安積が席に着いたとたん、無線が流れた。東京湾臨海署管内で、傷害事件の通報があったという。

安積が命じる前に、桜井が立ち上がっていた。

「村雨、桜井といっしょに行ってくれ」

二人は出入り口に向かった。

かつて安積は、桜井が飼い慣らされた犬のようだと思っていた。だが、今彼の後ろ姿を見て、その印象がずいぶん変わったように感じていた。

予断

1

木枯らし一号が吹いた日、放火犯が起訴された。村雨、水野、桜井の三人が追っていた事案で、送検した後も検事捜査に付き合わされていた。

それがようやく決着したのだ。

まったくの偶然だが、須田・黒木組が担当していた強盗犯も、その日起訴が決まった。

別々に担当していた事案が、まったく同じ日に片づくことなど、ほとんどあり得ない。安積の長い係長の経験の中でも、あまり覚えのないことだった。

これは、神様の粋(いき)な計らいというやつかもしれないと、安積は思った。

午後には、係員全員の手が空いてしまった。もちろん、やることはいくらでもある。

彼らは捜査に追われて、いろいろな伝票を溜(た)め込んでいるだろうし、片づけなければならない書類がたくさんあるはずだ。

また、各自複数の事案を抱えているのだから、一件片がついたからといって暇になるわけではない。

それでも一区切りには違いない。今日は、当直を除いて全員定時で帰そう。安積はそう思った。

「当直は誰(だれ)だ?」

黒木が手を上げた。

「自分です」

「他の者は定時で上がる。済まんが頼む」

「了解です」

だが、五時半になっても誰も帰ろうとしない。須田と水野はパソコンの画面を睨(にら)んでいるし、村雨は伝票を整理している。

安積は言った。

「今日みたいな日は滅多にないぞ。さあ、みんなさっさと帰るんだ」

須田が目をぱちくりさせた。

「いやあ、寮に帰ってもすることがないですし……」

安積はこたえた。

「署にいたって同じだろう。寮に帰ってビールでも飲めばいい」

桜井が言った。

「自分はお言葉に甘えて、寮に引きあげさせていただきます」

放火の捜査で一番駆け回ったのは、間違いなく桜井だ。しばらくまともに寝ていないはずだ。

安積はうなずいた。

「そうしてくれ」

村雨が桜井に言った。

「遠慮することはないぞ。先に出てくれ」

「村チョウは帰らないんですか?」

「帰るが、もうちょっとだけやることがある」

「じゃあ、そうさせてもらいます。お先に失礼します」

桜井は立ち上がり、出入り口に向かった。

先輩よりも先に帰宅することをとがめる者もいるかもしれない。警察というのはそういう組織だ。だが、少なくとも強行犯第一係、通称安積班にはそんなことをうるさく言う者はいないはずだ。安積はそう思った。

「さあ、俺は帰るぞ。みんなもいいかげんに腰を上げろ」

その言葉に、ようやく村雨が帰り支度を始めた。

安積は、須田、村雨、水野の三人の巡査部長を連れて、刑事課の部屋を出た。

玄関まで来ると、須田が言った。

「どうせ、ビールを飲むんだったら、寮なんかじゃないほうがいいですね」

安積には、彼が何を言いたいかわかった。

「じゃあ、どこかに寄っていくか……」

水野が言う。

「じゃあ、私もごいっしょします」

村雨は帰るだろう。安積はそう思った。彼は子供と過ごす時間を大切にするはずだ、と……。

村雨が言った。

「いいですね。私も一杯やっていくことにします」

安積は驚いた。

「早く帰れる機会は滅多にないぞ」

「こうして飲みに行く機会もそうありません」

「まあ、それもそうだ」


四人は、馴染みの居酒屋に入った。

須田が言った。

「三人の主任がそろって飲みに来るのって、ホント珍しいですよね」

刑事はサラリーマンのように仕事帰りに一杯というわけにはなかなかいかない。日々それぞれに事案を追っているので、須田が言うとおり、こうして顔を合わせることは珍しい。

ビールを注文して、メニューから肴を選ぶ。居酒屋ではごく当たり前の行動だが、このメンバーだとなんだか特別なことをしているような感じがする。

生ビールで乾杯すると、村雨が水野に言った。

「須田と同期なんだよな」

「そうです」

「ガッコウでは、須田はどんなやつだったんだ？」

ガッコウというのは警察学校のことだ。巡査を拝命した者はそこで初任科の講習を受ける。

「今と変わりませんよ」

　すると、須田が言った。

「そうかなあ……。俺、ずいぶんと進歩したと思うんだけど……」

「基本が変わらないということよ」

「水野は、ガッコウのときからそつがなかったよなあ」

「あら、要領がよかったみたいな言い方しないでよ。真面目（まじめ）で気配りができたってことでしょう」

　村雨が言う。

「同期ってのは、いいもんだ。いざというときに頼りになる」

　須田がこたえる。

「ええ、そうですね」

　他愛もない話題でも、気心が知れた相手とならば楽しい。時が過ぎるのを忘れて、四人は談笑した。

　午後九時を過ぎて、そろそろお開きにしようと思っていると、そこに鑑識係長の石倉がやってきた。

　彼は目を丸くして言った。

「何だ？　主任会議か？」

　安積はこたえた。

「偶然に、二つの事案が片づきまして……」

「へえ……。それで盆と正月がいっしょに来たような顔をしてるんだな」

「石倉さんは、今上がりですか?」

「いくらやってもキリがないんで、引きあげてきた。うちの若いモンはまだ働いているよ」

鑑識はいつも多忙だ。抱えきれないほどの仕事を抱えている。彼らがいなければ、捜査は進まない。

水野が言った。

「よろしければ、こちらへどうぞ」

「お、水野の誘いじゃ断れねえなあ……」

安積も石倉に同席するように勧めた。

オシボリで顔をごしごしと拭き、常温の日本酒を注文すると、石倉は安積に言った。

「それで、何の話をしてたんだ?」

「別にたいしたことは話していません。居酒屋で酔っ払いがする話です」

石倉のコップ酒が運ばれてきて、乾杯をした。

いきなり日本酒というのも、実に警察官らしい。長っ尻の警察官は少ない。短時間で手っ取り早く酔い、さっさと腰を上げるのだ。

うまそうに酒を一口飲んで、石倉が言う。

「安積班ご自慢の主任たちだ。何か身になる話でもしてるのかと思った」

須田がこたえた。

「飲んでるときは、難しい話はしませんよ」

石倉が尋ねた。

「須田。おまえ、酔ってるのか？」

「そりゃあ、酒飲んでますから……」

「じゃあ、頭を働かせるのは無理だな」

「え、そんなことはありませんよ。刑事ですからね。多少酔っていても頭は回りますよ」

「本当だな」

「本当ですよ」

「じゃあ、俺が問題を出すからこたえを考えてみてくれ」

須田が、にやにやと笑って言った。

「何です？　クイズですか？」

「クイズというか、おまえの推理能力を試してやるよ」

「推理ですか……」

「何です？」

水野が身を乗り出した。「石倉係長が出す問題を推理するんですか？」

「そうだ。これは、実際にあったことだと思ってくれ。おい、村雨。おまえも考えろ」

村雨は余裕の表情でこたえた。

「何だか知りませんが、話をうかがいましょう」

石倉は、三人の巡査部長の顔を見回した。

「いいか。これはおまえたちの推理合戦だ。見事に正解したやつは、俺がおごってやる」

水野が言った。

「須田君には負けられないわね」

石倉が尋ねる。

「どういうことだ?」

「私たち、同期なんです」

「そいつはいい。勝負のし甲斐があるというものだ。じゃあ、いくぞ」

須田と水野が石倉を見つめる。村雨はやや冷めた表情だ。

石倉の話が始まった。

「これは、ある地方の村で起きたことだ。広い敷地に一軒家が建っていたと思ってくれ。その家の表側は広い庭がある。裏手には山が迫っており、雑木林になっている」

須田は真剣な顔だ。水野は、面白そうに目を輝かせている。村雨は依然として余裕の表情だ。

「その家で、死体が発見された」

三人の巡査部長は無言だ。特に驚いた様子もない。刑事が死体でいちいち驚いたりはしない。

三人とも話の先を聞きたがっている。

石倉の話が続く。

「第一発見者は、その家の主人だ。彼は勤め人で、夕方帰宅して死体を見つけた。それは、リビングルームにあった」

そこで石倉は再び三人の顔を見回した。「ここまではいいな？」

須田が言った。

「ええと……。事件の報告を聞くのは慣れているんで、そういう確認は必要ないです」

石倉が話しだす。

「死体を発見したその家の主人は、警察に通報しなかった」

須田が驚いた顔になった。水野も怪訝（けげん）そうに表情を曇らせる。村雨が眉間（みけん）にしわを刻んだ。

須田が尋ねた。

「それ、いつの時代の話です？」

「いつの時代？　どういうことだ？」

「戦国時代とかなら、警察に届けたりしないでしょう」

石倉はにやりと笑った。

「須田。死体はリビングルームにあったと、俺は言ったんだ。つまり、これは現代の話だ。携帯電話もあれば、電波も通じている。家には固定電話もあった。なのに、その人物は通報しなかったんだ」

須田はむっつりと考え込んだ。

水野も思案顔だ。村雨がわずかにしかめ面になる。

「話はこれで終わりじゃない」

石倉が言った。「遺体を発見したその人物は、裏の雑木林に穴を掘った。そして、死体を埋めてしまったんだ」

村雨がつぶやくように言った。

「死体遺棄ですか……」

石倉はそれにはこたえず、話を続けた。

「それが発覚した。しかし、だ。その人物は罪に問われることはなかった」

水野が尋ねる。

「その人は生きていたんですか?」

石倉が聞き返す。

「その人って、死体を発見して、それを雑木林に埋めた人物のことか?」

「ええ」

「もちろん生きていた」

すると村雨が言った。

「生き死には関係ない。万が一死んでいても、罪を犯したことが明らかなら、被疑者死亡のまま送検、ということになる」

水野がうなずく。

「そうよね……」

石倉が言った。

「死体を発見したのに警察に通報しなかった。それはなぜか？　そして、その死体を裏山に埋めたのに、罪に問われることはなかった。それはなぜか？　この二つの謎を解いてくれ」

話し終わると、石倉はまたうまそうに酒を一口飲んだ。

須田が尋ねた。

「その人、他の罪に問われたんじゃないですか？」

「他の罪……？」

「ええ。死体遺棄よりも重い罪に……。例えば、殺人罪とか……。そうなると、死体遺棄と殺人罪は併合罪となり……」

それに対して、村雨が言った。

「たしかに併合罪として殺人の量刑が重くなる可能性がある。だが、その場合でも死体遺棄が罪に問われないわけではない」

「そうか……」

須田が言った。「そうですよね……」

水野が石倉に尋ねた。

「そもそも、その死体は自然死だったんですか？　それとも事件性があったんですか？」

石倉は一言「不明だ」とこたえた。

「不明……？」

そう聞き返した水野の口調は不満げだった。

石倉はこたえた。

「そう。それも含めて、三人に推理してもらう」

水野があきれたように言った。

「これって、推理というよりクイズですよね。だって、手がかりがあまりにも少ないじゃないですか」

「そうか?」

石倉が言った。「優秀な刑事なら、この程度の情報から多くの事を読み解くはずだがね」

須田が言った。

「でも、自然死か不審死かもわからないんでしょう?」

「だから、そこから推理するんだよ」

須田と水野は顔を見合わせた。それから三人は、むっつりと考え込んだ。

石倉は二杯目の酒を注文した。

「さあ、俺が次の一杯を飲み干すまでにこたえを出してくれ。俺は、飲むのは二杯だけと決めてるんでな」

飲む量をあらかじめ決めておくのは賢明だと、安積は思った。

酒は気分転換にもってこいだ。ストレスを溜め込むよりも飲みに出たほうがずっといい。だが、つい飲み過ぎてしまうものだ。

そうなると、翌日の仕事に差し障りがある。石倉のように毎日が綱渡りというほど多くの仕事を抱えている者にとって、体調不良で能率が落ちるのは致命的だ。

だから、一日の酒量を決めてそれをきちんと守るのだ。本当に頼りになるのは、自分で決めたルールを守れる人物だと、安積は思う。

「二つの疑問がある」

村雨が言った。「遺体の発見者はなぜ通報しなかったのか。それが一つの疑問。もう一つは、死体遺棄が罪に問われなかったのはなぜかという疑問。まずは、第一の疑問から考えていこう」

「さすがに村雨だ。仕切るね。けどね、俺は三人に話し合って結論を出してもらいたいわけじゃない。推理合戦をしてもらいたいんだよ」

村雨が言う。

「その酒を飲み干すまでに、こたえを出せばいいんでしょう?」

「安積班らしくチームワークでいこうってわけか? いや、これは三人の主任の勝負なんだ。今夜の飲み代がかかってるんだぞ。本気でやってくれ」

須田が言った。

「俺、本気で考えてますよ」

「じゃあ、おまえの実力を見せてくれ」

「その前に質問させてください」

「質問ならさっきからしてるじゃないか」

「まだまだ情報が足りません」

「何が聞きたいんだ？」

「現場は一軒家だと言いましたね」

「ああ、そうだ」

「その周囲はどんな様子なんです？　住宅街なんですか？　商業地ですか？」

「地方の村の話だと言っただろう」

「それだけじゃ何もわかりません。周囲に人家があったのか。隣の家とはどれくらい距離があったのか。広い敷地に家が建っていたと言いましたが、その敷地には囲いがあったのか……」

「隣の家との距離か……。まあ、都心では考えられないくらいに離れていた。距離にして数十メートルはあった。敷地に囲いはないが、灌木（かんぼく）が茂っていて、外からは家の中の様子は見えにくい。おまえが気にしているのは、他に事情を知っている者がいるんじゃないかということだろう」

「ええ、そうですね。もし、殺人事件だとしたら、目撃者とか……」

「目撃情報はない」

水野が言った。

「防犯カメラはどうです？　現代の話なら、地方の村落でも防犯カメラが設置されている可能性はあります」

石倉がかぶりを振った。

「周囲に防犯カメラはなかった」

村雨が言った。

「その家の主人というのは、警察官なんじゃないんですか？」

須田と水野が意表をつかれたように、村雨の顔を見た。村雨は言葉を続けた。

「その家というのは、駐在所なんでしょう。だから本人は通報をしなかった……。する必要がなかったんです。通報される側ですから……」

石倉が困ったような笑顔でかぶりを振った。

「村雨。おまえらしくもないな。駐在の警察官だって死体が出たとなりゃ署に報告しなけりゃならない。それを怠ったら、通報をしなかったことより問題は大きいぞ」

「しかし、『警察に通報をしなかった』という条件には合致します」

「俺が言ってるのはそういうことじゃないんだよ。本当に警察に知らせなかったんだ。それに、家の主人は警察官じゃない。勤め人だと言ったはずだ」

村雨は難しい顔で黙り込んだ。

石倉がコップを口に運んだ。酒の残りは約三分の二だ。

2

「さて、そろそろ、それぞれの結論を聞かせてもらおうか」

石倉の言葉に、まず返事をしたのは村雨だった。

「じゃあ、私から……」

「どういう読みだ？」

「遺体は、発見者の家族のものでしょう」

「ほう……。それで……？」

「おそらく長患いだったのだと思います」

「どうしてだ？」

「急に病気になったのなら、病人を一人にはしないはずです。発見者は、病人を一人残して出勤した……。つまり、それが日常になるほど長いこと病気だったということです。しかし、容態が急変し、不幸にも亡くなってしまった……」

「ふうん……」

「帰宅した家の主人は、その遺体を発見することになる。しかし、そこで彼は困惑することになります。おそらく、葬儀を出す金銭的な余裕がなかったのでしょう。あるいは、病気療養していた人物の年金等を生活費に充てていたのかもしれません。いずれにしろ、家族の死を表沙汰にしたくなかったのです」

「それで、こっそり裏の林に埋めた、と……」

「はい」

「たしかに、そういうケースは実際にあった。しかし、今回はそれは当てはまらないだろう。いくら長患いだからって、容態が急変したら自分で救急車くらい呼べるはずだ」

「呼べるが呼ばなかったのかもしれません。亡くなった人は、自分が苦労をかけていることを自覚していたでしょうから……。自分はそのまま死んだほうがいい。そう考えたのかもしれません」

「読みは大切だが、勝手にストーリーを作っちゃだめだよ」

「でも、条件はクリアしているんじゃないですか？」

「死亡届を出さないなど、行政手続きを怠るのは違法だ。発見者は違法行為はしていないんだ」

村雨は抵抗する。

「最初はそう言わなかったじゃないですか。それって、後出しじゃんけんじゃないですか」

「いや。条件をより明白にしているだけだ。発見者は違法行為はしていない。ただ、警察に通報をしなかっただけだ」

村雨は黙り込んだ。また、あらたな推理を組み立てようとしているのだろうか。

「えーと……」

須田が言った。「第一発見者を疑えという大原則がありますよね」

「だから……？」

「第一発見者が通報しなかったのは、やはり何か犯罪が絡んでいるからじゃないでしょうか」

「どんな犯罪だ？」

「殺人です」

「第一発見者が殺したということか？　だが、彼は帰宅したときに死体を発見したと言っている。

その証言を疑う理由はない」

「でも、疑わないとこたえが出ないじゃないですか。帰宅して遺体を発見して、通報しなかった……。それじゃ理屈が通りませんから……」

「帰宅してから殺したということか？　だが、それを示す証拠は何もないぞ」

「帰宅したときに遺体を発見したという証言を裏付ける証拠もないんですよね」

「前提条件なんだよ。それを否定しちゃいけない」

「実際の捜査では、前提条件だと思っていたようなことも疑わなけりゃならないことがあるじゃないですか」

「だが、今回は疑う必要はない。家の主人は、帰宅したときに死体を発見した。その事実に間違いはない」

「じゃあ、自分がいない間に被害者が死ぬような仕掛けをしたんじゃないですか」

「ほう。どんな仕掛けだ？」

「そうですね……。村チョウが言ったように、被害者は長い間病気療養中だったとします。薬をわざと寝床から手の届かないところに置いておくのです。その薬を取りにいこうと、無理して起き上がったときに発作を起こした……。これ、未必の故意ということになりますよね」

石倉が笑った。

「おい、須田。おまえらしくもないな。その読みは穴だらけだぞ」

「そうですかね。未必の故意で、まんまと殺害に成功。自分が殺害したのだから、通報はしませんよね。誰か別な人が発見して通報するのを待てばいいんです」

村雨が須田に言った。

「石倉係長が言うとおりだ。それはちょっと無理がある。薬を取りにいこうとして発作を起こすというのが現実的じゃない」

須田が反論する。

「まったくあり得ないわけじゃないだろう。犯人も百パーセントそうなると考えていたわけじゃないんだ。確率は低くても起きることがある。そして、実際にそれが起きたんだ。だから、未必の故意なわけで……」

「だからさ……」

石倉が言った。「それって、自分が犯人じゃないということを主張するための仕掛けだろう?」

須田がこたえる。

「そういうことになりますね」

「だったら通報したほうがいいじゃないか。帰宅したときにはすでに死んでいたということを、警察に確認してもらったほうがいい。そうだろう?」

須田は小さくうなるような声を洩らした。石倉の言うことが正しいと認めざるを得なかったのだ。

しかし、それでも須田は食いさがる。

「たしかに、未必の故意というのは考え過ぎだったかもしれません。でも、第一発見者が殺人犯なら、通報せずに死体を遺棄したというのは納得できますよね」

「そうかもしれない」

石倉が言う。「しかし、問題は死体遺棄が罪に問われなかったということなんだ」

「それがすぐに発覚しなかったからじゃないですか？　そして、時効を迎えた……。殺人に公訴時効はありませんから、そちらは罪に問われたはずです。しかし、死体遺棄は時効が成立していた……」

石倉は目を丸くした。

「なるほど、時効か。いやあ、俺もそこまでは考えなかったな……。ようやく須田らしくなってきたじゃないか」

「これで、条件をクリアできますね」

石倉はかぶりを振る。

「死体遺棄は、三年以下の懲役だから公訴時効は三年ということになるな。つまり、三年経たないと須田の読みは成立しないということになる」

「ええ、そうですね」

「ところが、死体を埋めたことは、直後に近隣の人たちに知られているんだ」

須田が目を丸くして言った。

「そんなこと、言わなかったじゃないですか」

「でも、そうなんだよ」

「それって、村チョウが言ったように、後出しじゃんけんじゃないですか」

「いや、間違った読みを否定しているだけだ。最初の条件を変えているわけじゃない。……というか、最初に俺が言った条件だけで、謎は解けるはずなんだ」

須田は残念そうに言った。

「時効で謎が解けたと思ったんだけどなあ……」

石倉は嬉しそうな顔になり、水野に言った。

「おまえさんはどうだい?」

彼女は、しばらく唇を咬んで思案顔だったが、やがて言った。

「いろいろ考えたんですが、発見者が誰かをかばっているとしか思えないんです」

「ほう。詳しく聞かせてくれ」

「家の主人が帰宅して、遺体を発見したんですよね。そのとき、誰が殺害したか、すぐにわかってしまったんです」

「……ということは、殺人だと考えているわけだね」

「だから問題にしているわけですよね」

「さあね。その質問にはこたえられないな」

それを聞いて、須田が言った。

「それ、フェアーじゃないなあ……」

「そんなことはない」

石倉が言う。「必要のないことにはこたえない。すでに充分な情報を提示しているからフェアーなんだよ」

須田は肩をすくめた。

水野が説明を続けた。

「誰が被害者を殺害したかがすぐにわかってしまい、その人物をかばおうとしたら、発見者は当然、通報はしませんよね」

石倉がうなずく。

「そうだろうな」

「発見者は、犯人を守ろうとして、遺体を隠すことにしたんです。それで、裏の林に穴を掘って遺体を埋めた……」

「それで……?」

「それでって、それでお終いですけど」

「遺体の発見者は、誰をかばっていたんだ?」

「さあ、それはわかりません」

「だったら、その読みは不完全だな」

「手がかりになるような情報をもらっていませんから……」

「言っただろう。俺は必要な条件は全部提示したって。だから、その条件の中で話が完結しなければ、それは不完全なこたえだということになる」

村雨、須田、水野の三人は沈黙した。石倉のコップの酒が、残り三分の一になっている。

三人の顔を見回してから、石倉が言った。

「それぞれに、いい線いってたと思う。年金等の不正受給のことを思いついた村雨はさすがだ。時効という盲点を突いてきたのは、いかにも須田らしい。そして、誰かをかばっていたという発想は、水野らしい。だが、三人とも通報の件に引っぱられ過ぎだ。誰も、死体を埋めたのにそれが罪に問われなかったことの理由を明確に説明していない」

須田がいつしか仏像のような半眼になっている。本気で何かを考えはじめたときの表情だ。

村雨が、まるで仕事のときのような顔つきになって言った。

「たしかに、死体を発見したことを通報しなくても罪にはならないが、死体遺棄はれっきとした犯罪だ」

「そういうことだよ。どうして、穴を掘って死体を埋めたことが、罪に問われなかったんだ？」

須田が言った。

「やっぱり時効しか考えられません」

「須田は死体を埋めたことについて言及した。だが、それは不正解と言わねばならない。さあ、誰かこたえを思いつかないか？」

水野が悔しげにつぶやいた。

「そうよねえ……。誰かをかばっていたとしても、死体遺棄の罪を免れることはできないなあ……」

村雨が言った。

「こたえなんて、本当はないんじゃないですか？　私たちをからかっただけでしょう」

石倉は目を丸くした。

「おい、村雨。俺は天下の安積班の主任たちをからかったりはしないぞ。お手並み拝見と思っていたんだがな……」

「でも、私らに正解がわからないんで、なんだか嬉しそうですよ」

「そりゃあ気分がいいさ」

須田が言う。

「村チョウが言ったとおり、正解なんてないんでしょう」

「そんなことはないと言ってるだろう」

「だって、提示された条件が少なすぎますよ。目撃情報もない。遺体の死因もわからない。発見者は違法行為をしていないと、石倉さんは言いましたが、死体遺棄は違法行為じゃないですか。それ、理屈が通りませんよ」

「理屈は通るはずだ」

水野が言った。

「だって、あり得ませんよ、そんなこと……」

「おい、水野。おまえさん、実際の捜査のときも、あり得ないなんてことを言うのか？」

「それは、場合によります……」

石倉が大きく一息ついた。

「さて、酒もいよいよ残り少ない。誰も正解を言い当てられなかったら、俺がみんなにおごってもらうことにするが、それでいいか？」

それから彼は、ふと安積のほうを見て言った。「安積係長。何をにやにやしてるんだ？　こたえがわかったのか？」

安積はこたえた。

「ええ。簡単なことです」

すると、三人の巡査部長は驚いた顔で安積を見た。安積は、少しばかり居心地が悪くなり思わず身じろぎした。

須田が言った。

「え、係長は、この問題を解決できたんですか？」

「そう思う」

「俺たち三人がかかっても解けなかったのに……？」

「おまえたちは真面目だからな。それはいいことだが、だからこそ物事にとらわれてしまうことがある」

「とらわれる……？」

「そう。つまり、先入観だ」

石倉が安積に言った。

「こたえを言ってみろよ」

安積は石倉を見て言った。

「犬か猫か……。帰宅したその家の主人はペットが死んでいるのを見つけたんですよ」

村雨が、ぽかんとした顔で安積を見た。

須田が、「あっ」と声を上げた。

水野は眉をひそめている。

安積はさらに言った。

「人間以外の死体なら何でも、警察に通報しなかったという条件に当てはまる。ネズミの死骸でも、それこそ虫の死骸でも……。しかし、その後、その人物はわざわざ裏の雑木林に穴を掘って死体を埋めている。つまり、葬ったわけだ。だから、それはおそらく長年家族同様に暮らしていたペットなんだろうと思う。ペットを埋葬して罪に問われることはない」

石倉がコップに残っていた酒を飲み干した。そして、彼は言った。

「さすが、安積係長だ。そう。それが正解」

それを聞いた須田が言った。

「なるほどねえ……。たしかに、俺、とらわれてましたね。死体と聞いたときから、人間の死体だという先入観を持っていました」

安積は言った。

「先入観が予断につながる。予断は禁物だとよく言われることだがな……」

「しかし、悔しいですね」

村雨が言った。「これ、引っかけ問題ですよね」

「悔しがることはない。石倉さんは、経験豊富な刑事のおまえたちも、予断を持ってしまうことがあるということを教えてくれたんだ。感謝すべきだな」

するると、石倉が言った。

「よせよ、安積係長。そんな上等なモンじゃねえよ。ただ酒にありつこうと思ったんだが、そうは問屋が卸さなかったってわけだ」

須田が心底感心したように言う。

「それにしても、よく気がつきましたね。やっぱり、係長にはかなわないなあ……」

「そうよねえ……」

水野が言った。「ちょっとへこむわよね」

安積は言った。

「おまえたちの読みがあったから、俺は正解にたどり着けた。俺だってすぐにわかったわけじゃない。おまえたちがいろいろな推理をしてくれたことで、ようやくこたえが見つかったんだ」

村雨が言った。

「そう言われると、ちょっと救われた気分になりますね」

「どんな的外れな推理も、無駄になることはない。実際の捜査でもそうだ」

「安積」

石倉が言った。「あんた、説教くさくなったな。年を取った証拠だぞ」

「そうかもしれません」

「……というわけで、今夜の安積の飲み代は、俺たち全員で負担する。さあ、勘定だ」

「待ってください」

安積は言った。「俺がおごりますので、もう一杯だけ付き合ってください」

「何だ？　俺を酔わせてどうするつもりだ」

「もう一杯飲んだところで、酔っ払う石倉さんじゃないでしょう」

須田が店員を呼んで、石倉の酒を注文した。

安積は言った。

「こんな日は滅多にあるもんじゃありませんから……」

「そうだな」

石倉は、運ばれてきた酒を、大切そうに一口飲んだ。

部長

1

「大牟礼部長、よろしくお願いします」

安積の言葉に、白髪混じりの男が振り向いた。

「ああ、安積係長……。こちらこそ、よろしくお願いしますよ」

いっしょにいた強行犯第一係の係員たちも安積と共に礼をした。

東京湾臨海署に設置された「連続強盗事件捜査本部」でのことだ。大規模な捜査本部は、講堂に作られるが、今回は会議室だった。警視庁本部と臨海署の双方を合わせて二十人ほどと、小規模だったためだ。

警視庁本部からは、強盗犯捜査第三係がやってきた。係長を入れて十一名だ。臨海署は、強行犯第一係の六人が基本だが、それだけではバランスが取れない。

相楽係長率いる強行犯第二係もあるが、それを投入するほどの態勢ではない。だから、強行犯係以外の部署から人員を確保した。

捜査本部内の庶務は、総務課などの事務方に任せ、実動部隊は地域課などに応援を頼むことになる。

「今の人、誰ですか？」

水野が尋ねた。

安積がこたえる前に、須田が目を丸くして言った。

「え、知らないの？」

「部長って、安積係長が呼んでたけど……」

「大牟礼幸雄さん。地域課の部長だ」

「あ、部長って巡査部長のほうね。本部の部長かと思った」

「刑事部長の顔くらい知ってるだろう」

「いや、地域部長とか警務部長とか……」

たしかに警察では、警視庁や道府県警本部の部長も、巡査部長も「部長」と呼ぶ。世間から見ると紛らわしいようだが、警察内で混同されることは、まずない。

本部の部長の階級は警視正か警視長。一方、巡査部長は下から二番目の階級だ。その差は歴然だ。

そして、警察署には部長はいない。署長・副署長の下は課長だ。だから、署内で「部長」と言えば巡査部長のことなので、別に紛らわしくはないのだ。

だが、こうして捜査本部ができて、捜査一課など警視庁本部の人たちが出入りするようになると、水野のような勘違いをすることも、稀にある。

須田が説明した。

「地域課の主任だよ。野村署長より年上の大ベテランだ」

「へえ……」

「そして、なんと安積係長が卒配で世話になったというんだ」

水野が安積の顔を見た。安積はうなずいて言った。

「そう。その当時、大牟礼さんは、中央署の地域課にいらした」

「そして、今でも地域課なんですね……」

「たぶん、臨海署の地域課で最古参だ」

安積が言うと、須田が付け加えるように言った。

「俺(おれ)たちと同じ寮にいるんだよ」

水野は驚いた顔になった。

「えっ。どうして寮に……」

「巡査部長で独身。寮に住む条件には合っている」

「独身なの？」

「警察官には、妻子はいらないと言って……。一度も結婚したことがないんだ」

水野が眉(まゆ)をひそめる。

「話を聞くと、なんだか頑固そうね。そうは見えないけど……」

須田は肩をすくめただけで、それについては何も言わなかった。

捜査一課・強盗犯捜査第三係の井上(いのうえ)係長が音頭(おんど)を取り、捜査会議が始まった。今回は、捜査一課長はおろか管理官も来ていない。警部の井上係長が捜査本部を仕切る形だ。

「路上の通行人を襲撃するという強盗事件が五件報告されている。昨夜起きた事案が、五件目だ。

被害者によると、犯人は黒いニット帽をかぶりマスクをしていた。この特徴は、五件とも共通している」

東京湾臨海署管内の事案だから、安積たちはすでに事情をよく知っている。だが、捜査一課の連中や、地域課から来た助っ人たちは知らない情報だ。

熱心にメモを取る者もいる。安積は、本部係長の説明を聞きながら、情報を確認していた。

井上係長の説明が続いた。

強盗犯の背格好については、それなりに詳しくわかっていた。被害者はいずれも軽傷で、犯人をしっかり目撃していたからだ。

身長は高くはなく、小太りの男。いずれの被害者もそのように証言しているので、同一人物と見て間違いないだろう。

犯行現場はいずれもお台場だ。それについて、井上係長が捜査員たちに質問した。

「何か心当たりはあるか?」

誰も発言しようとしない。すると、安積が指名された。

「係長。何かないか?」

安積は起立してこたえた。

「犯人に土地鑑があるのかもしれません」

「管内の住人ということだろうか」

「現在住んでいるとは限りません。かつて住んでいたことがあるということも考えられます。お台場で働いたことがあるのかもしれません」

「地域としての特性は?」

「それは、地域課のほうが詳しいのではないかと思います」

「地域課……?」

「はい。今回は地域課の署員が参加しておりますので……」

「話を聞こう」

井上係長がそう言ったので、安積は大牟礼を指名した。

大牟礼は、困ったような顔で立ち上がった。

「ええと……。地域の特性としては、やはり昼間人口と夜間人口の差が大きいことでしょうか。でもまあ、これは都心なら他の管内でも同様で……」

井上係長が言った。

「犯人が犯行場所としてお台場を選んだのには、何か理由があるはずだ」

「公園が多いですし、倉庫街といった人通りのない地域もたくさんあります」

安積は、大牟礼を指名した責任を感じて、補足するように発言した。

「お台場は、決して犯罪多発地域ではありませんが、警戒しなければならない場所が多いことは事実です」

井上係長がうなずいた。

「わかった。では、班分けを発表する」

捜査員たちは、二人一組になって捜査に出かけた。大きな捜査本部では、管理官席ができたり、係長クラスは予備班と呼ばれるデスクとして、捜査本部内に残ることもあるが、今回は安積も外回りに出かけることになった。

組んだのは、捜査一課の若手で、松崎（まつざき）という巡査部長だった。聞き込みに回っている最中に、松崎が言った。

「あの方、自分と同じ部長なんですね」

誰のことかすぐにわかった。

安積はただ、「そうだ」と言った。

「……で、地域課なんですね」

安積は「そうだ」と繰り返す。

「自分は、一所懸命に勉強をして巡査部長になり、人一倍努力をして上司に推薦してもらって、刑事研修を受けました」

「捜査一課に引っぱられたのだから、がんばったんだろうな」

警察官の中で最も人数が多いのが、地域課のいわゆる「おまわりさん」だ。刑事や生活安全、交通といった「専務」になるには、それなりの努力が必要だ。

さらに、警視庁などの警察本部に所属できるのはエリートと考えていい。だから、松崎は今の立場を誇りに思っているのだ。

それは悪いことではないと、安積は思った。どんな立場でも誇りを持つのは大切だ。だが、そのために他人を貶めるようなことがあってはならない。

安積は言った。

「警察官の基本は地域課だ。だから、そこから巣立って専務に就くのが正しいのだと思いがちだ。だが、地域課には地域課の役割がある。地域課としての専門性もある。誰かがそれを後輩に伝えなければならない」

「でも、何十年もいる必要はないですよね」

「それを選択する人がいても不思議はない。それも警察官として立派な生き方だと、俺は思う」

「でも、係長は刑事を選ばれたわけでしょう」

警視庁本部の巡査部長は、所轄の巡査部長よりも格上だという思いがあるのだろう。だから松崎は、所轄の警部補である安積にもずばずばとものを言う。

「そうだ。俺は刑事になりたかったんだ。つまり、警察官だって人それぞれだということだ」

松崎はそれきり、大牟礼のことを話題にはしなかった。

大牟礼と組んでいるのは、捜査一課の四十代の警部補だった。たしか、名前は沼田だ。やる気を前面に出すタイプで、なおかつ強面だ。

年齢は大牟礼よりもはるかに下だが、階級は一つ上で、しかも警視庁本部にいるという意識があるのだろう。大牟礼に対して、遠慮のない態度を取っているように見える。

安積は、その様子を見て密かに溜め息をついていた。

松崎といい沼田といい、捜査一課の連中は、所轄の万年部長だというだけで、大牟礼を見下しているようだ。

間違いなく、捜査一課に配属される刑事は努力家だ。きわめて優秀な者が引っぱられる。努力は尊いし、その結果として捜査一課にいるというのは、賞賛に値するだろう。

だからといって、他部署の人間を軽く見ていいわけではない。

俺がいくら「勘違いするな」と言ったところで、彼らは耳を貸すまいな……。

安積はそう思った。

捜査一課のエリートからすれば、所詮（しょせん）安積は、所轄の係長に過ぎない。

強行犯第二係の相楽係長が、かつて同じように、所轄の刑事たちを見下していたことがある。

捜査一課のメンバーだけがつけている赤い「S1S」のバッジは、ある種の魔力を持っているのかもしれない。

「頑固そうだって言っただろう？」

須田の声が聞こえて、安積は振り返った。彼は後方の席で、水野と話をしていた。

水野が聞き返す。

「大牟礼さんのこと？　警察官に妻も子供もいらないっていう話ね？」

「そう。頑固っていうのとはちょっと違うと思うんだ」

「どう違うの？」

「何というか……。純粋なんだと思う」

「純粋？」

「そう」

「妻や子供を持たないということが？　普通の警察官は結婚もするし、子供も作る。それって、純粋じゃないってこと？」

「いや、そうじゃなくて……」

須田は困っている様子だ。「大牟礼さんなりの純粋さなんだよ。警察官って危険な仕事だろう？万が一のことがあると、家族に悲しい思いをさせる」

「それは考え過ぎよ」

「地域課は四交代勤務だ。日勤、当直、明け番、公休の繰り返しだ。それに、緊配なんかでいつ呼び出されるかわからない。そういう生活に家族を巻き込みたくない。大牟礼さんはそう考えたんだ」

「それって、何というか……、あまりにかたくなじゃない？」

「だから、それが大牟礼さんの純粋さなんだ」

夜の捜査会議が始まり、彼らの話はそこまでになった。

たしかに、水野が言うとおり、かたくなかもしれないと、安積は思った。

だが、それが大牟礼の生き方なのだ。それを声高に主張するわけではない。おそらく、須田だから彼から聞き出せた話なのだろう。大牟礼は、ただ淡々と約四十年間、地域課の仕事を続けてきた。

そしておそらく、巡査部長のまま定年を迎えるのだろう。

そういう警察官もいる。

一方で、ノンキャリアでも警視や警視正まで登り詰める者もいる。

俺はどちらか……。それは明らかだな。

安積はそんなことを考えていた。

2

「え？　被疑者確保？」

携帯電話に出た安積は、思わずそう聞き返していた。

電話の相手は村雨だった。

「ええ。井上係長が、すぐに戻ってほしいと……」

「わかった。十分で戻る」

安積が電話を切るのを待っていたように、松崎が言った。

「被疑者確保って、間違いないんですか？」

「捜査本部に戻れということだ。急ごう」

「悔しいなあ……」

「悔しい？」

「ええ。被疑者、この手で挙げたかったなあと思いまして……」

「誰が挙げても同じことだ」

「実績稼ぎたいじゃないですか」

なるほど、こういうやつが出世するのだろうなと、安積は思った。

捜査本部に戻ると、想像していた雰囲気とちょっと違っていて、安積は戸惑った。被疑者確保で、捜査員たちの表情は明るいものと予想していた。

だが、なぜか空気が張り詰めている。

沼田と大牟礼が向かい合っている。沼田は不機嫌そうだし、大牟礼は困ったような顔をしている。

安積は村雨を見つけ、近づいた。

「どうしたんだ?」

「あ、係長」

「被疑者を確保したんじゃないのか?」

「ええ、そうなんですが、大牟礼さんが……」

「大牟礼さんがどうした?」

「被疑者をよく知っているが、強盗などするはずがないと言ってるんです」

「被疑者を知っている……?」

「居酒屋でバイトをしている人物らしいのですが……」

沼田の大きな声が聞こえて、安積はそちらを見た。

彼は、大牟礼に食ってかかっている。

「うちのモンが挙げたんで、文句をつけてんだろう」

大牟礼が、それよりもはるかに小さな声でこたえる。

「いや、そういうんじゃないよ。本当に、彼のことをよく知ってるんだ」

「ふん。素性を聞き出す手間が省けたってわけだ。名前を言ってみろよ」

「カルロ・アンドラーダだ。国籍はフィリピンで、台場二丁目のビルに入っている居酒屋でバイトをしているんだ……」

「だから何だって言うんだ。あんたの知り合いだから、犯罪者じゃないと言い張るのか？　ばかばかしい」

「だから、彼が強盗をする理由がないと言ってるんだよ」

「金が欲しかったんだろう。理由は、これから吐かせればいい」

「ちゃんと話を聞いてやってほしい」

「ああ、聞くさ。何が何でも吐かせるよ。捜査一課をなめるんじゃない」

「外国人なんだ。言葉の不安もある」

「だからだよ」

「だから……？　どういうことだね」

沼田は、ふんと鼻で笑ってから言った。

「外国人のやりそうなことだ。やつらのせいで、日本の治安が悪くなってるんだ。フィリピン人だと言ったな。フィリピンの治安は最悪だそうじゃないか。そんなやつらが日本に来て悪いことをするんだよ」

「フィリピンの治安が最悪だなんて、誰が言ったんだ」

「ドラッグが蔓延(まんえん)して、犯罪が絶えない。刑務所がいくつあっても足りないらしいじゃないか」

「いつの話をしてるんだね。ドゥテルテ大統領のおかげで、フィリピンはずいぶん変わったんだよ」

「それと、被疑者と何の関係があるんだ？　カルロとか言ったか？　やつが連続強盗犯だという証言があったんだ。小柄で小太り。体格も一致している」

「カルロを被疑者と断定するのは早いんじゃないか。もっと調べてみたいんだが……」

沼田の声が一段と大きくなった。

「地域課が、捜査のことに口出しすんじゃねえ」

これは聞き捨てならなかった。

自分の出る幕ではないと思っていたが、安積は黙っていられなくなった。

「うちの署に来て、ふざけたことを言ってもらっちゃ困るな」

沼田が、さっと安積のほうを見た。

「あんたには関係ない。引っ込んでろ」

「いや。引っ込んではいられない」

「何だと……?」

「大牟礼さんは、捜査本部の一員だ。捜査に口を出すなと言うのは暴言だな」

「俺たちは、捜査のプロなんだ。専門外のやつが、俺たちのやっていることに口を出すなと言ってるんだ」

「捜査のプロだというが、先ほどの発言は明らかにヘイトだ。外国人に対する偏見じゃないか」

「事実を言ったまでだ。外国人が多い地域は、明らかに治安が悪くなる」

「被疑者が外国人なら、言葉の問題などに、慎重に対処すべきだという大牟礼さんの指摘は当然のことだ。それを無視するのが捜査のプロなのか」

「うるせえよ。取り調べは捜査一課できっちりやるから、引っ込んでろって言ってるんだ」

「管内のことは、我々のほうがよく知っている。蚊帳(かや)の外というわけにはいかない」

そのとき、井上係長が言った。

「まあ、待て」

安積は、そちらを見た。井上係長は当然、沼田をたしなめるものと思っていた。だが、そうではなかった。

井上係長は安積に向かって言った。

「被疑者に土地鑑があると言ったのは、君だろう。カルロは台場二丁目の居酒屋で長いこと働いていたということだな。つまり、君が言った被疑者の条件に合致しているわけだ」

「だからといって、彼が犯人だということにはなりません」

沼田同様に、今度は井上係長が声を大きくした。

「警察官がよく知っている人物だから、犯人じゃないなんて理屈は通らないんだよ」

「ですから、大牟礼さんは、もう少し調べたいと言っているんです」

「余計なことはするな」

安積は驚いた。

「余計なこと……？」

「そうだ。捜査本部の目的は、いち早く被疑者を特定して身柄確保することだ。その目的は果たした。あとは送検して、検事に任せればいい」

安積は啞然とする思いだった。

「検事に任せる……」

「四十八時間以内に、叩いて吐かせて送検する。それが一番効率がいい」

効率という言葉に、安積はまた驚いた。

そうか。こいつらにとって、実績とか効率が何より大切なのだ。捜査一課のメンバーは選ばれた者たちだという。その選ばれた者の正体がこれなのか。そう思うと、絶望的な気分になってくる。

「ちゃんとした証拠がなければ、検察だって困るでしょう」

安積が言うと、沼田がこたえた。

「吐かせりゃいいんだよ」

「被疑者は日本人じゃない。言葉の問題がある」

「バイトやってんだから、日本語しゃべれるんだろう」

「日常会話を話せるからといって、日本語で身の潔白をちゃんと説明できるとは限らない」

「それでいいんだよ」

「それでいい？」

「自白が取れて調書が作れればいい。あとは検事に任せればいいと、係長もおっしゃっているんだ。起訴するかどうかは検事次第だ。ま、起訴されれば、九十九・九パーセントが有罪だがな」

「冤罪のことは考えないのか？」

「だから、それは検事や判事の責任だと言ってるだろう」

井上係長が安積に言った。

「そういうことだから、邪魔するな。さあ、取り調べを始めるぞ」

沼田が井上係長に言った。

「自分が行きましょう」

「頼む」

外国人に偏見を持ち、はなからカルロを犯人だと決めてかかっている沼田に、取り調べをさせたくなかった。

安積は言った。

「私にも立ち会わせてください」

すると、井上係長が言った。

「私はね、本部と所轄が一致団結して捜査に当たるように心がけているんだ。その和を乱すような言動は慎んでほしいね」

「団結とは、事なかれ主義のことではありません」

「私がこの捜査本部を仕切っているんだ。命令に従ってもらう」

「まっとうな命令なら、ちゃんと従います」

井上係長がまた、大声を上げた。

「命令にまっとうもへったくれもない。言うことを聞かないのなら、捜査本部からつまみ出すぞ」

やれるものなら、やってみろ。

そう言うつもりだったが、それよりも先に、大牟礼が言った。

「いけないねえ。それ以上言ったら、お互いに売り言葉に買い言葉ってなことになっちまうよ」

安積は、はっとして大牟礼のほうを見た。

大牟礼は井上係長に言った。

「申し訳ありません。別に捜査一課に逆らうつもりはないんです。ただね、もうちょっとだけ調べてみたい、それだけなんです」

井上係長は、気まずそうな顔になった。沼田と違って、大牟礼に一目置いているような様子だ。

井上係長が言った。

「取り調べは、沼田にやらせるぞ」

大牟礼がこたえる。

「ええ、それはお任せします。私ら、聞き込みに出ていいですね？」

「私らってのは、誰のことだ？」

その質問には、安積がこたえた。

「臨海署の者は、大牟礼さんを手伝いたいと思います」

井上係長は、露骨に舌打ちしてから言った。

「本部に逆らう所轄の係長は、君くらいのものだぞ。まあいい。好きにしろ」

「はい」

「ただし、自白が取れれば、すぐにでも送検するぞ」

「わかりました」

送検の期限は、逮捕後四十八時間だ。残された時間は少ない。しかも、カルロがいつ自白するかわからないのだ。

安積は大牟礼に言った。

「急ぎましょう」

「安積班のみんなが調べてくれるんだね？」

「はい」

安積は、強行犯第一係のみんなを集めてその旨を伝えた。

村雨が質問した。

「捜査本部のペアはどうします?」

臨海署署員と捜査一課の捜査員が組むように班分けをしている。安積はこたえた。

「ペアが付き合ってくれればいいが、そうでない場合は、無視していい」

「わかりました」

「時間がないので、すぐにかかってくれ」

安積班の面々は出かけていった。案の定、それに付き合おうという捜査一課の刑事はいないようだ。

沼田が被疑者の取り調べに当たるので、彼と組んでいた大牟礼は一人になった。それで、安積は彼といっしょに出かけることにした。

出入り口に向かおうとすると、「待ってください」という声が聞こえた。

松崎だった。安積は尋ねた。

「何だ?」

「いや、何だって……。自分は安積係長と組んでいるんですから、連れていってくださいよ」

安積は驚いた。

「捜査一課の連中は、誰も付き合ってくれないものと思っていたが……」

「お二人がおっしゃることも、もっともだと思いまして……」

「いいのか?」

「いいも悪いもないでしょう。どうせ、沼田さんたちが取り調べをしている間、やることもないですし……」

「おまえ、変わってるな」

「そうですか?」

「捜査一課の連中は、全員係長の言いなりだと思っていた」

松崎は肩をすくめた。

「大牟礼さんに賭けてみようと思ったんです」

「賭けてみる?」

「ええ。別の人に先を越されたわけですから……」

「先を越されたって、被疑者確保のことか?」

「ええ。これで、別に真犯人がいて、自分たちが確保できれば、一発大逆転です」

捜査一課のやつらは、どうしてこう勝負にこだわるのだろう。勝ち残った者が、捜査一課にたどり着けるということなのだろうか……。

「何にしても……」

大牟礼が言った。「手伝ってくれるのは、ありがたいことだよ」

安積は言った。

「では、でかけましょう」

3

「しかし、安積は変わらないなあ……」

犯行現場の一つである青海一丁目のあたりを歩いているときに、大牟礼が言った。

「は……？　何のことです？」

「井上に食ってかかっただろう。そういうところ、若い頃と変わらない」

安積は、すっかり気恥ずかしくなり、言った。

「そうでしょうか……」

「ああ。昔からおまえさんは、熱血漢だったよ。今でも変わらない」

「多少は大人になったと思うのですが……」

「大人になんてならなくていい。それが、おまえさんのいいところなんだからな」

「はあ……」

「カルロ・アンドラーダだけどね。苦労したんだよ。父親がマニラで事件に巻き込まれて死亡した。以来、日本では考えられないくらいの貧困を経験した」

「そうですか……」

「それでも、カルロは必死に勉強をして奨学金を手に入れて日本に留学するまでになった。今、彼は充実した生活を送っているはずだ。強盗などやるはずがない」

「外国人の犯罪って、たいてい集団ですよね」

松崎が言って、安積と大牟礼は同時にその顔を見た。松崎が続けて言った。「でも、今回の強盗は単独犯です」

安積は言った。

「そうだ。そのことからしても、カルロの犯行の線は薄いと思う」

松崎が言った。

「こりゃあ、自分にも勝ち目が出てきたってことですね」

水野から電話があった。

「どうした?」

「あっさりとカルロのアリバイが取れましたよ。犯行時刻に、カルロはお店で働いていました。タイムカードで確認しました」

「わかった」

電話を切り、今の話を大牟礼と松崎に伝えた。すると、松崎が言った。

「ますます、勝てそうな気がしてきましたね。でも……」

安積は尋ねた。

「でも、何だ?」

「完璧(かんぺき)なアリバイとは言えませんよね。店をこっそり抜けだすこともできるし……」

安積はあきれて言った。

「忙しい店を抜けだして、強盗をしたというのか？　現実にはあり得ない話だ」

さらに大牟礼が言った。

「常習犯の強盗ってのは、行き当たりばったりじゃないんだ。慎重に被害者を捜すんだよ。返り討ちにあったらたまらんし、金を持っていない相手を襲撃しても始まらない。だから、相手を決めるのに時間がかかる。安積も言ったとおり、店を抜けだして犯行に及ぶというのはまるで現実的じゃない」

「でも、沼田さんは、理論的に成り立つことなら、突っこんできますよ」

安積は言った。

「理論的に可能というのは、検事あたりも好きそうな言葉だ……」

大牟礼が溜め息をつく。

「頭でっかちな警察官や法律家が増えたからねえ……。仕事が細分化された弊害だろう。昔の警察官ってのは、オールラウンドプレイヤーだったけどね……」

安積は言った。

「その分、専門性が高まったとも言えます」

大牟礼がうなずく。

「まあ、そうだろうな……。私のような警察官はとっくに時代遅れだ」

何か言おうとすると、また電話が鳴った。今度は村雨からだった。

「係長、被害者の一人にカルロの写真を見てもらったんですが……」

「そんな写真、いつ手に入れたんだ？」

「職場に行って店員から入手しました。今どきはみんな、スマホにいろいろな写真を持っていますから……」

「それで？」

「別人だと証言してくれました」

「ニット帽をかぶってマスクをしていたんだろう。人相はわからないはずだ」

「ええ。でも目が違うと……。カルロはぱっちりとした二重ですが、犯人はそうではなかったと……」

「わかった」

再びそれを、大牟礼と松崎に伝える。すると、松崎が言った。

「沼田さんや井上係長は、そんな状態で人相がわかるはずがない、不確かな情報だと言い張るでしょうね」

大牟礼が言う。

「誰が何と言おうと、事実が強い。さて、ちょっと、交番に寄っていいかい？」

安積はこたえた。

「ええ、もちろんです」

大牟礼は最寄り(もより)の交番に向かった。

「あれ、大牟礼部長。私服ですか？」

交番にいた係員が言った。階級章を見ると巡査長だった。大牟礼が言った。

「捜査本部に吸い上げられたんだよ。こちらは安積係長と本部の松崎君だ」

「ああ、例の連続強盗事件ですか？」

「そうだ。何か耳寄りな情報はないか？」

「そういえば、小野（おの）が気になることがあるって言ってましたよ」

「そうか。会って話を聞いてみよう」

「話半分で聞いておいたほうがいいですよ」

「心得ているよ」

大牟礼は別の交番に移動し、安積と松崎はそれについていった。

小野というのは、まだ巡査だった。大牟礼を見ると、笑顔を見せた。

「おまえ、強盗事件について、何か気になることがあると言ってるそうだな」

「あ、そうなんです。事件の日に限って見かける車があるんです」

小野は路上駐車しているその車にぴんと来たのだそうだ。だが、それを捜査員に伝える術（すべ）がなかったらしい。大牟礼が尋ねた。

「ナンバーとかは？」

「ひかえてありますし、スマホで写真も撮ってあります」

それを聞いて、安積は言った。

「大至急調べてみよう」

安積班を総動員して、小野が言った車とその持ち主について、大至急調べた。

持ち主はしばらく車を友人に貸していると言った。その友人の名前と住所を聞き出した。

結果から言うと、それが強盗犯だった。自宅アパートを須田と黒木が訪ねると、突然逃走を図ったのだ。それで、身柄を押さえた。

令状を取った後に自宅を調べると、ニット帽が見つかった。村雨と桜井が取り調べをすると、意外なほどあっさりと犯行を自供したのだった。

釈放されるカルロに、大牟礼が言った。

「驚いただろう。さぞかし心細かったと思う」

するとカルロが言った。

「いいえ。大牟礼さん、いてくれる。それだけで心強かったです」

自供した被疑者の名前は、池永修次（いけながしゅうじ）。年齢は二十五歳だった。

被疑者が吐いたことで、捜査本部内の雰囲気は明るかった。井上係長が捜査員たちに言った。

「ともあれ、ごくろうだった。あとは、送検に向けてひと頑張りだ」

被疑者を確保しても、捜査員たちには書類仕事が待っている。

須田が安積にそっと言った。

「井上係長や沼田さんは、大牟礼さんや係長に言ったことなど忘れているようですね」

「忘れてはいないはずだ。ばつが悪いので、そのことには触れないようにしているだけだ」

「ああ、そうなんですね」

すべての書類が整ったのは、午後十一時過ぎのことだった。捜査員たちはようやく肩の荷を下ろし、茶碗(ちゃわん)で日本酒を酌み交わした。

安積は、大牟礼に近づいて言った。

「今回はお手柄でしたね」

「いやあ、カルロを救えてよかった。お手柄と言うなら、小野だろう。あいつは、刑事志望のようだから、名前を覚えてやってくれ」

「いつも後輩のことをお考えなのですね」

「若いやつらは、私らの希望だよ」

「わかりました。小野の名前は課長にも知らせておきます」

気づくと、そばに沼田がいた。

「大牟礼さん」

彼は呼びかけた。はるかに年上なので、いちおう「さん」づけだ。

「ああ、沼田さん。何でしょう?」

「今回はたまたまだよ」

「はあ……」

「所轄の連中がたまたま真犯人に行き当たったというだけのことだ」

大牟礼はにこやかに言った。

「誤認逮捕だ冤罪だ、ということにならなくて、本当によかったと思いますよ」

沼田は、ふてくされたような表情になった。きっと恥ずかしいのだろうと、安積は思った。

沼田がその表情のままで言う。

「やるもんだと思ってね」

「何です？」

「いや、地域課もやるもんだと……」

そこまで言って、沼田はぺこりと頭を下げて去っていった。

安積は言った。

「何です、あれ」

「ああ、敗北宣言だろう。はっきりと負けたと言うのが悔しいんだろうな」

「少しは考え直してくれるといいんですが……」

捜査一課が引きあげていく。

松崎が挨拶に来た。

「お世話になりました。おかげで勝ち組になりました」

安積は言った。

「ああ。ごくろうだった。だが、一つ言っておく。警察の仕事は勝ち負けじゃ……」

大牟礼が、それを遮るように言った。

「お疲れさん。君は、どんどん勝ち組になってくれ。期待しているよ」

「はい。がんばります」

彼は、井上係長のあとを追って捜査本部を出ていく。

安積は大牟礼に言った。

「余計なことを言うところでした」

「若い頃は、うんと勝ち負けにこだわればいいんだ」

「そうかもしれません」

「もう、忘れているだろうが……」

「は……?」

「安積。おまえさんもそうだったんだよ」

大牟礼はそう言って、声を上げて笑った。

防犯

1

またしても、ストーカー殺人事件が起きた。

安積剛志は、渋い表情で新聞を見つめていた。東報新聞が、その事件を報じると同時に、「ストーカー殺人はなぜなくならないのか」という特集を組んでいた。

例によって今回も所轄の警察署は、被害者から相談を受けていた。にもかかわらず、事件を防げなかったのだ。

東報新聞は、露骨な表現は避けつつも、警察が怠慢だと非難していた。少なくとも、安積にはそう読み取れた。

許しがたい事件だ。だが、警察にも言い分はある。

事件を未然に防ぐことは、とても難しい。起きてしまった事件の犯人を検挙するより、ずっと難しいのだ。

一般人には理解できないかもしれない。そして、マスコミは理解しようとはしない。

新聞をたたんで、安積は思った。

うちの署の事案でなくてよかった。

それが正直な感想だった。

署に行くと、須田と黒木が何やらひそひそと話し合っていた。もっとも、話しているのはもっぱら須田だった。黒木は、律儀にうなずきながら、須田の話を聞いている。

何を話しているか、だいたい想像がついた。

係長席に着くと、係員たちと朝の挨拶(あいさつ)を交わした。

須田が言った。

「あ、おはようございます。係長、東報新聞見ましたか?」

やはり、そのことを黒木と話し合っていたようだ。

「ストーカー殺人の件か」

「ええ。まるで警察が何もしていないような書き方でしたね」

村雨が言う。

「東報新聞を、しばらく出禁にしたほうがいいんじゃないですか」

それに対して水野が言う。

「あら、山口さんが悪いわけじゃないでしょう」

「新聞社全体の問題だろう。共同責任だ」

珍しく村雨が憤慨している。

人一倍真面目(まじめ)なやつだから、警察が怠慢だと言われて腹を立てているのだろう。

そう。みんな仕事をサボっているわけではない。懸命にやっているのだが、手が回らないことがいくつもあるのだ。

安積は言った。

「記者を締め出したとあっては、言論の自由をないがしろにしたことになる」

村雨はぽかんとした顔になった。

「言論の自由？　本気ですか？」

本気で悪いか。そう思ったが、口には出さなかった。

須田が言った。

「悪いのは警察じゃなくて、犯人なのに、マスコミはそんな基本的なこともわからないんですかね」

桜井が言った。

「それだけ警察に期待しているってことでしょう」

うまくまとめたなと、安積は思った。やはり、桜井は大物だ。


その日の夜、珍しく速水直樹と飲みにいこうという話になった。速水は、交通機動隊の小隊長だ。

交機隊は警視庁本部の所属だが、東京湾臨海署に分駐所が同居している。それで速水はいつも、署内を我が物顔で歩き回っている。

安積の席にやってきて、彼はこう言ったのだった。

「今日も遅くまで仕事なのか？　もしそうでないのなら、たまには付き合え」

安積はこたえた。

「特に面倒な事案はない。おそらく八時頃には上がれるだろう」

「八時だな」

「何か話があるのか?」

「ない」

「じゃあ、なぜだ?」

「なぜ?」

「何のために付き合えなんて言うのかと訊いてるんだ」

「同期がいっしょに飲みにいくのに理由がいるのか?」

安積は何も言わずうなずくことにした。速水はそのままその場から去っていった。


午後八時十分頃、携帯電話で連絡を取り合い、玄関で待ち合わせた。そのまま徒歩で、近くの居酒屋に行った。和牛のモツが売りの店だ。

安積と速水は、テーブル席で向かい合い、ホッピーと、肴を何品か注文した。速水は署で言ったとおり、特に話がある様子ではなかった。

二人とも臨海署にいながら、こうしていっしょに酒を飲む機会は滅多にない。部署が違えばそんなものだ。

一杯目を飲み終える頃、東報新聞の山口友紀子記者が近づいてくるのが見えた。

「あら、この顔合わせは珍しいですね」

速水がこたえる。

「同期だから、昔はけっこういっしょに飲んだりしたんだがな……」

安積は言った。

「夜回りごくろうさんだが、何も言うことはないぞ」

「あら、そんなつもりで声をかけたわけじゃありません」

速水がにっと笑う。

「美人は歓迎だ。まあ、座ったらどうだ」

「おい」

安積は速水に言った。「今どき、美人なんて言ったら、セクハラになるぞ」

「セクハラだろうが、何だろうが、俺は昔からの習慣を変える気はない」

友紀子が言った。

「ハラスメントは、される側の受け取り方次第ですよね。私は速水さんに美人と言われて嫌な気はしないです」

安積はさらに速水に言った。

「夜回りの記者を座らせるなんて……。刑事じゃないおまえは気楽でいいが……」

「いいじゃないか。ちょっと彼女に言いたいこともある」

友紀子はビールを注文してから言った。

「あら、何でしょう?」

速水は笑顔のまま言った。

「おたくのストーカー殺人についての特集。ありゃ、警察に対する挑戦だな」

友紀子がこたえた。

「ずいぶん前から問題視されているのに、ストーカー殺人がなくならない。それは事実でしょう」

「何でもかんでも警察のせいにされちゃかなわない」

「警察署は被害者から、ストーカーについての相談を受けていたんですよね」

「自分の身は自分で守るというのが基本なんだ」

「市民は警察に守ってもらいたいと思っているんです」

「警察は悪いことをしたやつを捕まえる。だが、何もしていないやつを捕まえることはできない。そんなことをしたら、悪名高い内務省時代に逆戻りだ。あんた、日本が中国やロシアみたいな警察国家になってもいいのか?」

安積は黙って二人のやり取りを聞いていた。

友紀子は、ぐいっとジョッキのビールを飲んでから言った。

「安積係長はどう思われます?」

「別に何も思わない」

これは本音ではない。さっきの村雨同様に、安積も東報新聞のキャンペーンには腹を立てている。だが、そんなことを友紀子に言っても仕方がないと思った。

友紀子が安積に言う。

「防犯も警察の仕事なんじゃないですか？」

「そのとおりだ。だが、速水が言ったとおり、警察にもできることとできないことがある。それ以上は何も言うことはない」

友紀子が速水に言った。

「私たちは、警察に挑戦しているわけじゃないんです。エールを送っているつもりなんですが……」

速水の表情は一貫して変わらない。笑みを浮かべたままだ。

「それはありがたいことだ。だが、不愉快な気分になるのはなぜだろうな」

「それは、ハラスメントと同じで、受け取る側の問題じゃないでしょうか」

そう言うと友紀子はジョッキを空けた。「すっかりお邪魔しちゃって、すいませんでした。じゃあ、失礼します」

彼女が去ると、安積は言った。

「あんな話がしたくて、彼女を座らせたのか？」

「防犯についての考え違いを、ちゃんと説明しておかなけりゃならないと思ってな」

「それで、ちゃんと説明できたと思うか？」

「いや。言いたいことを全部言えたわけじゃないんで、もやもやしているな」

安積はうなずき、ホッピーを一口飲んだ。

それから数日後、無線であおり運転の加害者が検挙されたことを知った。

捕まえたのは速水だということだ。昼食時に彼の姿を見かけたので、安積は近づいていって言った。

「手柄を上げたそうだな」

速水はこたえた。

「どうってことない」

「交機隊が検挙したんだろう？」

「高速隊との連係プレイだ」

高速隊は正しくは、高速道路交通警察隊だ。

「経緯は？」

「しつこいあおり運転を受けた車両の同乗者が携帯で一一〇番した。まず高速隊が当該車両を追尾し、一般道に下りたところを、俺たちが捕まえた」

「被疑者の身柄は？」

「ここに運んだよ」

「臨海署に、ということか？」

「何を意外そうな顔をしてるんだ」

「交機隊なのだから、本部に持っていったのかと思った」

「臨海署管内で確保したからな……。あおり運転みたいな事案は、所轄の交通課が対処すればいい」

「そうか」

話はそれで終わった。

その日の夕刻、黒木とともに戻ってきた須田が言った。

「あおり運転の被疑者は、釈放されたみたいですね」

安積は尋(たず)ねた。

「今日、検挙されたやつか?」

「ええ。交通課を通りかかったとき、そんな話をしていたんで、ちょっと気になって聞き耳を立ててました」

村雨が言った。

「はっきりした証拠がないと、検察は起訴を嫌がりますからね……。判事から睨(にら)まれたくないんです」

安積が言った。

「現行犯逮捕じゃなかったのか」

村雨がかぶりを振る。

「微妙なところでしょうね。あおり運転をしたという、はっきりした記録がなければ、証明は難しいです。被害者がスマホで撮影した映像が残っていた事案でも、裁判となればあれこれ揉めますから……」

村雨の言うとおりだ。

だが、安積は釈然としなかった。危険な行為をして、人に恐怖心を与えた者が罪に問われない。そいつがハンドルを握れば、また同じことを繰り返すのだろう。

交通課の事案だ。自分があれこれ考えても仕方がない。安積はそう自分に言い聞かせようとした。

だがどうしても、もやもやが残る。こんな気分のまま一日を終わりたくないと思い、安積は席を立った。

廊下に出ると、携帯電話を取り出して、速水にかけた。

「何だ?」

「あおり運転で検挙されたやつが、釈放されたそうだな」

「ああ」

「なぜだ?」

「知らない。臨海署の交通課が決めたことだ」

「あおり運転等の罰則は強化されたはずだ」

「新たに妨害運転罪が作られた。これが適用されると、五年以下の懲役か百万円以下の罰金。さらに一発免許取り消しだ。だがな、罰が厳しいだけに、その運用に当たってはえらく慎重なんだ。

検事や判事は、前例のないことをやりたがらない」

「新しい法律なんだから、前例がないのは当たり前だろう」

「俺に言うな。検事は有罪が勝ち取れる事案しか起訴したがらないんだ」

「長年刑事をやっているんだから、そんなことは百も承知だ。だが、今回の事案は罪が明らかなんじゃないのか？」

しばらく無言の間があった。迷惑がっているのだろうかと、安積は思った。

再び、速水の声が聞こえてきた。

「おまえ今、どこにいるんだ？」

「刑事課の前の廊下にいる」

「話をしたいならこっちへ来い」

「交機隊の分駐所へか？」

「ああ」

「わかった」

安積は電話を切ると、いったん席に戻った。そして、村雨に言った。

「用ができた。席を外すが、いいか？」

「だいじょうぶです」

「一時間ほどで戻ると思う」

「了解しました」

安積は交通機動隊の分駐所に向かった。

2

速水は、隊員たちの待機場所で待っていた。テーブルの周囲をベンチが囲んでいる。彼は、そのテーブルの奥に腰かけている。

安積が入っていくと、その場にいた他の隊員たちが部屋から出ていこうとした。

安積は言った。

「場所を空けることはない。俺たちが別の場所に行く」

すると、速水が言った。

「うちの隊員は気がきくんだよ」

隊員の一人が言った。

「ヘッドの客人に失礼があっては自分らの恥になりますから」

結局、彼らは出ていった。

安積は言った。

「ヘッドだって？」

速水は何も言わず肩をすくめた。

安積がベンチに腰を下ろすと、彼は言った。

「あおり運転の件で、なんでそんなに熱くなってるんだ？」

「別に熱くなっているわけじゃないが、なんだかもやもやするんだ」

「さっきも言ったとおり、俺たち交機隊の事案じゃなくて、臨海署交通課の事案だ。だから、細かなことはわからないが、おそらく俺が言ったとおりだと思う。まだみんな、妨害運転罪に慣れていないんだ」

「そういう問題じゃないだろう」

「そういう問題なんだよ」

「たしか、最初に高速隊が追って、一般道に下りてきたところを、おまえたちが捕まえたんだったな」

「そうだ」

「だったら、現行犯逮捕なんじゃないのか？」

「逮捕じゃない。任意同行だ。高速隊も俺たちも、あおり運転をしている現場を見ていない」

　安積は驚いた。

「任意同行……？」

「そうだ。丁寧にお願いして署に同行するのを納得いただいたわけだ」

「映像は残っていなかったのか？　通報した被害者の一人はスマホで映像を撮っていなかったのか？」

「撮っていなかった」

「ドライブレコーダーはどうだ？　今どきの車にはたいていついているだろう」

「ついていたが、前方だけを撮影するタイプだった。後方からあおられていたんで、記録が残っていない」

「それでも何とかできるはずだ」

「俺もそう思うよ。おそらく交通課の連中もそう思っているだろう。だが、検事がうんと言わなければ起訴はできない」

安積は、しばらく考え込んでから言った。

「野放しじゃないか」

速水が言った。

「そうだ。野放しだ」

そのとき初めて気づいたが、速水もどうやら腹を立てているらしい。

安積は言った。

「熱くなっていないと言ったが、それは嘘だ」

「わかってる」

「たぶん、ストーカー殺人の件が響いているんだ」

「そうだろうな。東報新聞のキャンペーンが影響しているはずだ」

安積はうなずいて話を続けた。

「ストーカーとあおり運転……。まったく性質の異なる事案だが、なんだか、共通するものがあるような気がする」

「言いたいことはわかる。危ないやつらが野放しになっている。だが、警察は何か起きるまで何もできない」

「防犯が大切だと言いながら、有効な手を打てずにいる。それが悔しいんだ」

「だがな、係長。山口記者にも言ったが、ただ、怪しいとか、危ないやつだとかいう理由で警察が検挙していたら、それは国家権力の暴走だぞ」

国家権力の暴走ときたか。だが、それが決して大げさではないことは、安積にもわかる。一般市民に対する権力の弾圧というのは、あっという間にエスカレートするのだ。

ここまでならだいじょうぶ、などと思っていて、気づくと権利は根こそぎ奪われるのだ。

安積は言った。

「それはわかっている。警察官の俺が言うのも妙だが、日本が警察国家になっていいとは思わない」

「ちっとも妙じゃない。俺たちは民主警察だ」

「だがな、危険を放置していていいとは思えない」

「俺たちの好きな民主主義の原則は何だか知っているか?」

「何だ?」

「自分でやる、ということだ。主権者が自分なんだからな。問題があれば、自分自身で解決する。それが解決できないような大きな問題なら、自分の代わりとなる代表を選んで対処してもらう。それが選挙だ」

「何が言いたいんだ？」

「山口記者にも言っただろう。自分の身は自分で守るということだ」

「現実には、なかなかそうはいかない。ストーカー被害にあった女性は殺害されたし、あおり運転でも被害者が死亡した例がある」

「被害者たちは、どの程度自分の身を守る行動を取っていたのだろう。俺は、事件が起きるたびにいつもそう思う。もちろん、悪いのは犯人に決まっている。人を殺したり、傷つけたりするのは許されない。だがな、事件に至る理由が被害者の側にはなかったのか。自分の身を守ることに無頓着だったのではないか。そう思うことがあるんだ」

「世の中の人が、みんなおまえみたいにタフじゃないんだ」

「タフにならなきゃだめなんだ。それが民主主義ってもんだ」

　安積は、しばらく考えてから言った。

「警察には一般市民を守る責任がある」

「二十九万人ほどの警察官で、一億二千万人すべてを守ろうってのか？　それは思い上がりだ。そんなこと、できっこないんだ」

「できっこないだって？　それは敗北宣言だぞ」

「違う。俺は世間の警察に対する勘違いについて話しているんだ」

「勘違い？」

「部屋にゴキブリが出たといって一一〇番してくるやつがいるそうだ。そういう勘違いだ。警察が何でもしてくれると思ったら大間違いだ」

「じゃあ、俺たちの仕事は何なんだ？」

「法を守ることだ。法律が百パーセント正しいわけじゃないことは、俺にもわかる。だが、それを判断するのは俺たちの仕事じゃない。今ある法律を守ることが仕事なんだ」

「一般人は自分で自分の身を守らなければならないと言ったな。だが、私刑は許されないんだ」

「誰（だれ）が私刑を認めると言った？　俺は自分の身を守ることをもう少し考えろと言ったんだ。ちょっとした気配りでいいんだ。夜道を一人で歩かないとか、危険な場所に近づかないとか、他人の反感を買うような無神経な運転はしない、とか……」

「それでも防げない犯罪がある」

「世の中には弁護士もいればボディーガードもいるんだ。もちろん、金はかかる。だが、本気で自分を守ろうと思ったら、金がかかるくらいは仕方がない。世の中の人はな、いざ自分が犯罪に巻き込まれるまで、本気になれないんだ」

「警察は頼りにできないと言っているように聞こえるぞ」

「犯罪捜査や違反の取締には実力を発揮するよ。だが、犯罪を未然に防ぐことには、どだい無理があるんだ」

「機捜の密行や、自（じ）ら隊の巡回・職質は効果を上げている」

　機捜の密行というのは、機動捜査隊が車両で受け持ち地域を巡回することを言う。自ら隊は自動車警ら隊のことだ。こちらはパトカーでの巡回だ。

「たしかに一定の犯罪抑止効果はある。だが、発生する犯罪に対して、機捜や自ら隊が防止した犯罪の割合はどれくらいだ？」

「そんなことは知らないし、そんな統計には意味がない」

「じゃあ、おまえは防犯についてはどう考えているんだ」

そう訊かれて、安積は再び考え込んだ。

「おまえの言うとおり、警察のできることには限界がある。だがな……」

「だが、何だ？」

「俺はゴキブリが出たと一一〇番してくる人の気持ちもわかる」

速水は一瞬、ぽかんと安積の顔を見つめた。そして、笑い出した。

安積は渋い顔で言った。

「何がおかしいんだ」

「おまえなら、何か打開策を見つけるんじゃないかと思ったんだ」

「打開策？」

「警察が犯罪を未然に防ぐための方法だ」

「俺を試したのか？」

「試すなんてとんでもない。俺もさんざんに考えた。だが、うまい方法が思いつかなかった。それを、おまえは……」

速水はまた笑った。「ゴキブリ一一〇番の気持ちがわかる、か……」

「ばかにしているんだな」

「そうじゃない。感服してるんだよ。そうか、そうきたか、という感じだよ」

速水はなんだか感心している様子だが、いったい何に感心しているのか、安積にはさっぱりわからなかった。

安積が黙っていると、速水が言った。

「加害者の名前は、田川隆(たがわたかし)。年齢は三十二歳だ」

安積は眉(まゆ)をひそめた。

「何の話だ？」

「あおり運転だ。被害者は、緒方吉和(おがたよしかず)と利恵(としえ)の夫婦。それぞれ、四十三歳と四十二歳だ」

「なぜそれを俺に言うんだ？」

速水はその問いにはこたえず、言葉を続けた。

「おまえが考えているとおり、加害者の田川は危ないやつだ。さて、それを聞いてどうするかは、おまえ次第だ」

「やっぱり試しているんじゃないか」

「試す？」

速水は言った。「違う。期待しているんだ」

席に戻ると、まだ係員たちが全員残っていた。時計を見ると午後七時だ。

安積は言った。

「用のないやつは、早く帰るんだ。働き方改革だ何だと、また文句を言われるぞ」

村雨が言った。

「係長が帰ってきたら、何か話があるかもしれない。そう思って、みんな待っていたんです」

「話なんてない」

そう言ってから、安積はふと考えた。速水の言ったことが気にかかっていた。

安積は言い直した。

「いや、実は聞いてもらいたいことがある」

五人の部下が注目する。安積は続けて言った。

「あおり運転のことだ。加害者が不起訴になったのは知ってのとおりだ。その加害者が気になる」

村雨が言った。

「交通課の事案でしょう。自分らが気にしても仕方がないと思います」

「それは、そうなんだが……」

すると、須田が言った。

「係長。気になるって言いましたけど、どう気になるんです?」

「うまく説明できないんだが……」

安積は言葉を探した。「先日、東報新聞がストーカー殺人についての特集を組んだだろう。それについて俺はいろいろと考えていた。その矢先に、あおり運転の事案が起きた。その加害者が不起訴で釈放されたことで、俺はストーカーの問題と同じものを感じたんだ」

部下たちは皆、難しい顔で話を聞いている。

理解してもらえないか……。

安積がそう思ったとき、水野が言った。

「つまり、あおり運転の加害者をマークしたいということですね？」

言ってもらって吹っ切れた。安積は言った。

「そうだ。加害者の田川は危ないやつだと、速水が言っていた。放ってはおけないと思う」

村雨が驚いた顔で言った。

「もう一度言いますが、交通課の事案ですよ」

それに対して須田が言った。

「もし、その田川というやつが、誰かに怪我をさせたら傷害だ。強行犯係の仕事だよ」

村雨が何か言い返そうとしたが、言葉が見つからなかった様子だ。

安積は言った。

「村雨が言うとおり、勝手なことをすると交通課がへそを曲げるかもしれない。だから、課長から交通課に話をしてもらおうと思う」

村雨は何も言わなかった。

翌日の朝一番で課長室を訪ね、田川のことを説明した。すると、榊原課長が言った。

「放っておけ」

「いえ、そうはいきません」

「交通課の事案にまで首を突っこむとは、安積班はずいぶんと暇らしいな。いいか。不起訴になった相手を監視なんかしたら人権侵害だ。訴えられでもしたら、どうするつもりだ」

「そこはうまくやるつもりです」

「いいから、手を出すな」

それで課長との話は終わった。

席に戻り、部下たちに言った。

「昨日はあんなことを言ったが、課長が放っておけと言う。だから、忘れてくれ」

須田が驚いた顔で言った。

「それでいいんですか?」

「仕方がない」

安積は村雨を見た。おそらく、「それ見たことか」と思っているに違いない。彼は無表情で、気持ちは読めなかった。

部下たちにはああ言ったが、安積は諦める気にはなれなかった。

上司の命令に逆らったら処分が待っている。最悪の場合はクビだ。警察とはそういう組織だ。

部下たちをクビの危険にさらすわけにはいかない。

なんとか、俺一人でも田川をマークできないだろうか。

そんなことを考えながら時が過ぎた。

3

課長と話をした二日後のことだ。午後七時過ぎに村雨から電話があった。

「どうした？」

「田川隆の身柄を確保しました」

安積は困惑した。訳がわからない。

「何だって？　それはどういうことだ？」

「脅迫と傷害の現行犯です。身柄を署に運びます」

「脅迫と傷害……」

「詳しいことは、戻ってから報告します」

「わかった」

電話が切れた。

田川の身柄を、なぜ村雨が……。

何がどうなっているのかわからない。

須田、黒木、水野の三人はまだ残っている。須田が安積に尋ねた。

「何かあったんですか？」

「村雨が田川を脅迫と傷害で挙げた」

「ああ、そうですか」

須田はまったく驚いた様子がなかった。

「俺にはどういうことなのか、さっぱりわからない。どうして、村雨が……」

「ああ、別に不思議はないと思いますよ」

「不思議はない？」

「ええ。村チョウは、そういう気配りができる人です。ちょっと気にかけておく。そういうのが大切なんじゃないですか」

その言葉の中に、何か重要なことが含まれているように、安積は感じていた。


村雨と桜井が戻ってきた。安積はさっそく尋ねた。

「田川の身柄確保って、どういうことだ？　経緯を説明してくれ」

村雨がこたえた。

「田川が、緒方吉和さんの自宅の近くにいるという情報を得まして、急行しました」

「緒方吉和さんというのは、あおり運転の被害者だな？」

「そうです」

「どこから情報を得たんだ？」

「地域課です」

「どうして地域課から……」

「係長が、田川のことを気にされていたでしょう。だから、地域課に知らせておいたんです」

「それは考えもしなかったな……」

「防犯の最前線は地域課ですよ。犯罪の恐れがあるのだったら、重点的にパトロールをしてもらうとか、動向に注意してもらうとか、当然の措置だと思います」

「なるほど……」

「田川が緒方さんの自宅に向かうというのは、ただごとではありません。駆けつけると、案の定、揉み合っているところでした」

「田川と緒方さんがか？」

「はい。田川は緒方さんが仕事から帰宅するところを待ち伏せていたようです」

「何のために待ち伏せしたんだ」

「警察に捕まったのは、緒方さんのせいだと考えたんですね」

「ばかな……。緒方さんは被害者だろう」

「ええ、完全な逆恨みですね。田川というやつは、頭に来ると抑えがきかなくなるようです。その上執念深い。もちろん緒方さんの自宅は秘匿されていましたが、田川はそれを突きとめたんです」

「傷害ということだが、緒方さんの怪我は？」

「怪我はほとんどありません。しかし、田川が胸ぐらをつかんで激しく揺さぶったところを目視しましたから、傷害罪は成立します」

「脅迫・傷害となれば、俺たちの仕事だな」

「もちろんです。これからすぐに取り調べをします」

「わかった。俺は課長に連絡する」

「はい」

「村雨……」

「何です？」

「よくやった」

村雨は、ちょっと顔をしかめた。照れ隠しだろうと、安積は思った。

榊原課長がすでに帰宅したのは知っていたので、安積は電話をした。

「どうした、係長」

「田川隆を、脅迫ならびに傷害の現行犯で逮捕しました」

「タガワタカシ？　誰だそれは」

「以前お話しした、あおり運転の加害者です」

「放っておけと言ったのに、監視していたのか?」

「地域課からの連絡で、村雨と桜井が駆けつけたんです」

「脅迫と傷害と言ったか?」

「はい」

「起訴できるんだろうな」

「現行犯逮捕ですから、今度は放免というわけにはいきませんよ」

「わかった。結果オーライだな」

言いたいことはいろいろあったが、安積はただ「はい」とだけ言った。


その翌日、署の一階で速水に会った。彼は嬉しそうな顔で言った。

「田川を逮捕したそうだな」

「ああ、脅迫と傷害の現行犯だ。警察に捕まったのは、緒方夫婦のせいだと逆恨みをして、報復しようとしたらしい」

「礼を言ったらどうだ。俺のおかげだろう」

「礼を言う。おまえのおかげだ」

速水は満足そうだった。

「犯罪を未然に防げたわけじゃないが、大事には至らなかった」

　その言葉に、安積はうなずいた。

「充分に防犯の役割を果たしたと思う。田川が何かやらかすと、おまえにはわかっていたんだな？」

「さんざんワルと付き合ってきたからな。警察官なら誰だってそうだろう。おまえはやるべきことをやった」

「田川の動きを知らせてくれたのは地域課だし、挙げたのは村雨と桜井だ」

「だが、指示したのはおまえだろう」

「まあ、そうだが……」

「おまえはちゃんと仕事をしたんだよ」

　速水はそう言うと、その場を去っていった。


　その日、帰宅しようと署を出ると、東報新聞の山口友紀子が声をかけてきた。

「あおり運転の被害者の危機を救ったそうですね」

「危機を救ったのかどうかはわからないが、脅迫・傷害の現行犯逮捕だ」

「特集を読んで、結果を出してくれたと考えていいんでしょうか」

　安積は正直にこたえた。

「そうだな。俺なりにずいぶん考えた」

「今後、なんらかの警察の改革は必要だとお考えですか？」

「改革……？」

「そうです。一般市民をストーカー被害やその他の犯罪から守るためのシステム作りです」

「システムの問題じゃないんだ」

「え……？　どういうことです？」

「今回逮捕できたのは、村雨が気を配ったからだ。彼は、地域課に連絡して注意を促した。だから、地域課から彼のところに連絡が入り、大事になる前に駆けつけることができた」

「それが、何か……」

「防犯のために必要なのは、システムじゃない。警察官の気配りなんだ。気になったことを放っておかない。自分で対処できないのなら、誰かに頼む。警察官一人ひとりが、そういう気配りをすることが大切なんだと思う。俺はこれからもそれを続けるつもりだ」

友紀子は、ほほえんだ。

「それが、安積係長が出されたこたえなんですね」

「そうだ。これがこたえだ」

「納得できます」

安積はうなずいた。

警察官はプロだ。プロの気配りに勝るものはない。

「じゃあな……」

安積は友紀子に背を向けて歩きだした。

珍しく、一人で一杯やりたい気分だった。

予告

1

午後三時過ぎ、外の用事を済ませて署に戻った安積は、一階の廊下で榊原刑事課長が、地域課の末永(すえなが)課長と立ち話をしているのに気づいた。

二人は、ひどく難しい顔をしている。

うかつに声をかけられる雰囲気ではなかったので、そのまま階段で刑事課に向かおうとした。副署長席の近くに記者たちがたまっていて、その中の一人が安積に近づいてきた。東報新聞の山口友紀子記者だった。

「なんだか、えらいことになりましたね」

「えらいこと……?」

安積は聞き返した。

「あら、ご存じないんですか?」

「何のことだ。午前中から出かけていたので、署内で何があったのか知らないんだ」

「そうなんですか」

「そう言えば、榊原課長と末永課長が何か渋い顔で話をしていたが、何か関係があるのかな……」

「ああ、刑事課長はたいへんだと思いますよ」

「何があったんだ？」

「犯行予告です」

「犯行予告……？」


山口によると、SNSに書き込みがあったのだそうだ。

明日から、お台場で野外のイベントが開かれる。いくつかのアトラクションを用意した大きなイベントで、主催はテレビ局だ。そこで展示される物品を盗むという予告らしい。

話はそれだけではなかった。その予告を受けて、野村署長が記者たちにこう言ったのだという。

「犯人は、東京湾臨海署の署員が必ず捕まえてみせる」

警察署長が記者たちに発表したのだから、冗談で済ますわけにはいかない。割を食うのは課長たちだ。責任を丸ごと背負わされることになる。

それで、二人の課長は憂鬱(ゆううつ)そうな顔で話をしていたわけだ……。

「あ、聞きました。ターゲットはフィギュアだそうですね」

席に戻り、犯行予告の話をすると、須田がそう言った。

「フィギュアだって？」

「ええ。大ヒット中のアニメのキャラクターをもとにした一体ものです」

安積は質問した。

「何だ、その一体ものというのは」

「フィギュアって、たいてい複製品なんですよ。シリコーンで型を取ってレジンなんかで抜いたものです。で、一体ものというのは、その複製品を作らない作品のことです。つまり、原型そのものですね」

「言ってることがよくわからないが、複製品でないということは、それだけ価値があるということなんだろうな」

「大人気アニメのキャラクターを、売れっ子の造型師が作製したんです。これは値打ちものですよ」

フィギュアというのは、要するに人形のことだ。いくら値打ちものといっても知れているだろうと、安積は思った。

「それを盗むと予告をしたわけだな？」

須田がこたえる。

「ええ。いくつかのＳＮＳに同じ文章が投稿されたようです」

「しかし、こう言ってはナンだが、たかがフィギュアを盗むとＳＮＳで公言するなんて、なんだか滑稽(こっけい)じゃないか？」

「マニアにとっては大事(おおごと)ですよ。何せ、そのフィギュアの価値は計り知れませんから。一千万円の値段をつけた人もいるそうです」

安積は驚いた。

「一千万……？　何かの間違いじゃないのか？」

「まあ、実際に売買されるわけじゃないと思いますが、マニアにとってはそれくらいの価値があるという話です」

その場にいた安積班の他の係員たちも驚いた様子だった。

「まあ、現物の価値がどうであれ……」

村雨が言った。「犯行予告なんて、警察を舐めてますよね。断じて許せません」

安積は言った。

「野村署長も同じ考えなんだろう。記者たちに、必ず犯人を捕まえると、はっきり言ったらしい」

村雨がさらに言う。

「盗犯係はたいへんですね」

所詮、他人事だという口調だ。

「ああ、そうだな」

他人事で済めばいいが……。安積がそんなことを思っていると、課長から呼び出しがあった。刑事課の係長全員に招集がかかったのだ。安積は会議室に向かった。

「副署長はどうしてたんですか」

課長から、署長の記者発表の経緯の説明があった後、そう発言したのは強行犯第二係の相楽係長だった。

マスコミ対応は副署長の役目なのだ。

榊原課長が渋面で言った。

「その場にいたわけじゃないから、そういうことは知らん」

「しかし、そんなことを記者の前で宣言しちゃって、被疑者確保できなかったときは、面子丸つぶれじゃないですか」

相楽の発言も、先ほどの村雨同様に、どこか他人事の響きがある。真剣な顔つきなのは、盗犯係の木村係長くらいなもので、知能犯係の時田係長も、おざなりな態度に見える。

組対係の真島係長などは、明らかに退屈している様子だ。

榊原課長が、相楽の言葉にこたえた。

「だから、必ず確保するために、こうして集まってもらったわけだ」

時田知能犯係長が、きょとんとした顔で言う。

「え……。でも、盗犯係の事案でしょう？　本部からも三課が来るんじゃないですか？」

「相楽が言ったとおり、臨海署の面子がかかってるんだ。刑事課は総動員態勢だ」

真島組対係長の表情が変わった。

「マル暴の俺たちに、何をやれってんです？」

「マル暴もへったくれもない」

榊原課長が言う。「総動員だと言っただろう」

真島組対係長は戸惑った様子だ。

「いや、でも……」

その言葉を遮るように、榊原課長が言った。

「地域課も緊配並みの態勢で臨むと言っている。いいか。盗犯係だけの問題じゃない。これは刑事課全体の、いや、臨海署全体の問題だ」

強行犯第一係の席に戻り、係員たちに課長の言葉を伝えると、須田だけが嬉しそうな顔をした。

「現物を拝めるとは思ってなかったんですよね。仕事があるから、イベントには行けないとあきらめていたんです」

「おい、須田」

村雨がしかめ面で言う。「遊びじゃないんだぞ」

「わかってるよ。でも、役得だよなあ……」

安積は、須田に尋ねた。

「そのイベントのことを、詳しく知ってるのか？」

「テレビ局主催の野外イベントですね。過去にも何度かやってます。広い敷地内に、テントを張ったり、ステージを作ったりして、いくつかアトラクションを用意します。問題のフィギュアが展示されるのは、人気アニメをテーマにしたコーナーで、ステージでは声優のミニコンサートもあるはずです」

アイドル並みに人気がある声優がいることは、安積も知っていた。それもおそらくは、須田から仕入れた知識だったと思うが……。

「あ、そう言えば……」

須田が思い出した様子で言った。「たしか、犯行予告の日って、その声優のミニコンサートの日ですよ」

「コンサートは毎日やっているわけじゃないんだな？」

「イベント自体は、一ヵ月くらいやってるんですが、そのアニメのコーナーはそのうちの一週間ほどで、さらに声優のミニコンサートは一日だけです」

水野が言った。

「もしかして、その日を狙（ねら）った犯行予告ということかしら……」

須田がこたえる。

「そうかもしれない」

安積は尋ねた。

「もしそうだとしたら、なぜその日なんだ？」

「目立ちたいんでしょう」

桜井が言った。「犯行予告なんて、典型的な劇場型犯罪じゃないですか。だとしたら、目撃者がたくさんいたほうがいいでしょう」

「だが……」

安積は言った。「人が多ければ、それだけ盗みは難しくなるはずだ」

「……ですよね。でも、だからこそだと思いませんか？」

「だからこそ？」

「そう。犯人にとっては、人目があって難しいからこそ、盗む意味があるんでしょう。わざわざ犯行予告なんてするくらいですから……」

水野が吐息といっしょにつぶやく。

「まさに、劇場型犯罪ね……」

「ともあれ……」

安積は言った。「盗犯係が中心となった前線本部ができるから、それに参加する」


翌日、講堂にできた前線本部は、通常の捜査本部などとは比べものにならないほど大きな規模だった。刑事課が総動員なのだ。

幹部席には、野村署長と二人の課長の姿があった。榊原刑事課長と末永地域課長だ。

安積たち捜査員は、係ごとにまとまって席に着いている。左隣に座った須田が、安積にそっと言った。

「今、管内で殺人事件とか起きたら、えらいことですね」

「そのときは、ここを抜けだして対応する。予告の日だけ張り付いていればいいんだ」

後方に座っている相楽の声が聞こえてきた。

「どうせ、強行犯係の実績にはならないんだ。迷惑な話だ」

気持ちはわかるが、部下のやる気を削ぐような発言はつつしむべきだな……。安積は、そんなことを思っていた。

警視庁本部捜査第三課から、二人の捜査員が来ていた。見た目があまりぱっとしない中年男と、若い女性のペアだ。

右隣の水野が言った。

「へえ……。三課って、捜査一課とはずいぶんと雰囲気が違いますね。二人だけですか……」

安積はこたえた。

「捜査一課のように係ごとに動くことはないらしい。捜査員の地域担当があるようだ」

陣頭指揮を執る野村署長が、講堂に集まった署員らに言った。

「この臨海署管内で犯行予告などというふざけたまねは絶対に許してはならない。何が何でも、被疑者を挙げろ」

意気込みはいいから、具体的な方針について聞きたいと、安積は思っていた。三課の捜査員や盗犯係は窃盗に関するプロだ。

「ドロ刑」などと軽視する者もいるが、最も多い犯罪が窃盗なのだ。それは、彼らがいかに多忙かを意味している。

さらに、窃盗犯は常習犯が多いのも特徴の一つだ。常習犯はプロと言っていい。つまり、盗犯係は、プロを相手に戦うプロだということだ。

だから、彼らの意見を聞きたかった。

野村署長の訓示が終わると、榊原課長が会議の進行役となった。犯行予告が発見されるまでの経緯が報告され、また、当該イベントについての説明があった。

須田から聞いていた内容と一致していた。いや、須田の話のほうがはるかに詳しかった。榊原課長は、一ヵ月にわたるイベントのことは述べたが、アニメを特集したコーナーのことは説明しなかった。

続いて、盗犯係の木村係長が発言した。

「予告の日は、相当の人出が予想され、衆目の中で犯行が行われることになります。盗犯係でいろいろ検討しましたが、犯行はほぼ不可能と思われ、ＳＮＳへの書き込みはいたずらの可能性も否定できません」

それに対して野村署長が言った。

「そんなことは百も承知だ。だが、実際に盗まれたらどうする。それを想定して対応策を練ってくれと言ってるんだ」

木村係長は、平然と言った。

「とにかく、予告犯が盗むと言っている物品に張り付いているしかないでしょう」

「それだけか？　それが対策と言えるか？」

「シンプル・イズ・ベストです。その品から眼(め)を離さなければ、盗まれることはありません」

なるほど、木村係長の言うとおりだろう。だが、季節は真夏だ。野外の会場でフィギュアに張り付いているところを想像して、安積はうんざりとした気分になった。

「事前に被疑者を特定するとか、やれることはないのか？」

「ＳＮＳのアカウント解析とかですよね。本部のＳＳＢＣとか、サイバー犯罪対策課に頼めばいいんでしょうが、時間がかかりますよ。とても犯行予告の日には間に合いません」

「何とかならんのか」

野村署長と木村係長のやり取りに、榊原課長が心配そうな顔をしている。こういうとき課長は、どうしていいかわからないのだろうなと、安積は思った。

そのとき、捜査三課の中年刑事が発言した。

「あ、それ、こっちで頼んでおきましょう」

野村署長がその刑事を見て言う。

「本部のことは本部に任せよう。他には？」

「ありません」

木村係長がそう言って着席すると、三課の中年刑事がまた発言した。

「木村係長が言った、シンプル・イズ・ベストに、私も賛成ですね。あれこれ策を弄（ろう）してくるだろう犯人には、シンプルに対応するのが一番です」

その刑事の言葉には、まるで職人のような説得力があった。

野村署長は、腕組みをして言った。

「わかった。それを基本方針としよう。とにかく、大勢でそのフィギュアだか何だかの周囲を固めるんだ」

「えー、ところがですね。ちょっと問題がありまして」

そう言ったのは、幹部席の末永地域課長だった。

野村署長が尋ねた。

「何だ、その問題というのは」

「主催者側の話なんですが、その展示物はイベントの目玉なので、より多くのファンの方に見てもらいたいと……」

「それで……？」

「警察官が周りを固めていては、展示の意味がないでしょう」

「有名な絵画の展覧会なんかでは、ロープを張って観客が近づけないようにしているだろう。あれをやればいいじゃないか」

「展示物は、透明のケースに入れて、三百六十度どの角度からでも、しかも、かなり接近して見られるようにするそうです」

「犯行予告が出されたんだ。主催者側も、その点を考慮するべきじゃないか」

安積は、須田にそっと尋ねた。

「そんな展示の仕方って、普通なのか？」

「ええ、そうですね。とにかくフィギュアは接近して見ないと意味がないですし、立体物ですから、ファンはあらゆる角度から見たがるでしょう」

「だが、警備はやりにくい」

須田は肩をすくめた。

「周囲にいて、誰(だれ)かが盗みの行動を起こしたときに駆けつければいいでしょう。取り押さえる時間的余裕は、充分にあると思います」

安積はうなずいた。

須田の言うとおりだ。展示物に張り付いている必要はない。遠巻きでも監視していればいいのだ。

末永地域課長の発言が続いていた。

「これも、主催者側からの申し入れなんですが、警察官が大勢会場内にいたら、イベントの雰囲気が損なわれるので、考慮してほしいと……」

野村署長が嚙(か)みつきそうな顔で言った。

「そんなことを言われて、地域課はどうするつもりだ?」

「係員を私服で配置しようかと考えております。ただし、制服による犯罪抑止効果も期待できますので、威圧感がない程度に制服着用組も配置するつもりです」

「いいだろう」

野村署長が言った。「では、その方針でいこう」

2

会議が終わったら、特にすることはない。当日、決められた場所で警戒をすればいいだけだ。

安積は部下とともに、強行犯第一係に戻ろうと思った。席を立ち、出入り口に向かおうとすると、榊原課長が言った。

「どこへ行く？」

「刑事課に戻ります」

「勝手にここを離れちゃいかん。何のための前線本部だと思ってるんだ」

「でも、ここにいても我々は特にやることがありません」

「予告してきた犯人を捜すとか、やることはいくらでもあるだろう」

「本部のサイバー犯罪対策課とか、ＳＳＢＣがやってくれるんでしょう？」

「任せっきりというわけにはいかないだろう。刑事の腕の見せ所だぞ」

「あの……」

須田が言った。「ここにいても、犯人が特定できるわけじゃないと思いますが……」

榊原課長が須田を睨みつける。

「何だって？」

「あ、すいません。でもね、犯人のアカウントを調べるにしろ、手がかりを追うにしろ、外に出たほうがいいと思うんですが……」

　安積は言った。

「須田の言うとおりだと思います」

　榊原課長が顔をしかめて言った。

「わかった。行ってくれ」

「では、失礼します」

　榊原課長が声を落として言った。

「ここで、事前に犯人を捕まえられたら、大金星だぞ」

　課長としては、ついそれを期待したくなるのだろう。気持ちはわからないではないが、それは無理な注文だ。

　講堂を出ると、階段で刑事課強行犯第一係に戻る。そこに、交機隊の制服を着た速水がやってきた。いつもの、署内パトロールだ。

「よう。刑事課は、この暑いのにたいへんなことになったなあ」

「ああ。署長が見栄(みえ)を張ったばかりにな……」

「盗みの犯行予告なんて、怪盗気取りだな。犯人の目星は？」

「さあな。桜井は劇場型犯罪だと言っている」

　速水は、ちらりと須田のほうを見た。二人の会話が聞こえているらしく、須田も速水のほうを見ていた。

「刑事課が総動員なんだろう?」

「地域課も緊配態勢だそうだ。だがまあ、一日だけのことだ」

「安積班が、犯人を挙げてみろよ」

「俺たちは裏方だよ。表舞台に立つのは、盗犯係と本部の三課だ」

「現場に行くんだろう。せっかくだから、手柄あげろ」

「そんなつもりはない」

速水は肩をすくめて、須田に言った。

「おたくの係長は欲がないな。だから、おまえらががんばらないとな」

「ええ」

須田がにたにたと笑った。「あのフィギュアを狙うなんて許せませんからね。俺が必ず、捕まえますよ」

「動機がどうであれ、頼もしいよなあ」

速水はそう言ってから、歩き去った。


榊原課長には申し訳ないが、犯行前に犯人を特定することは、やはり無理だった。SNSのアカウントなど、誰でも適当に作れてしまうし、書き込みが手がかりになるとは思えなかった。

実際、サイバー犯罪対策課やSSBCからもそのような返事が来たということだった。こうなれば、当日に現行犯逮捕をするしかない。

その日の夕方、村雨が言った。

「結局、抱えている事案に手を着けられませんでした」

前線本部の仕事ではなく、継続して抱えている事件を捜査しようとしたのだろう。

そうだろうなと、安積は思った。犯行予告のせいで落ち着かない。いつ呼び出しがあるかわからないのだ。

須田が言った。

「あ、俺と黒木もそうです」

安積と水野も同様だった。

終業時間前に、前線本部に顔を出しておこうと思った。それを告げると、みんなもついてくることになった。

捜査員も地域係員も、手持ち無沙汰(ぶさた)の様子だった。それでも、前線本部を作る意味はあるのだろうと、安積は思った。

こうして、刑事課や地域課の連中と顔を合わせるのは、決して悪いことではない。もちろん、朝礼などで顔を合わせるが、その時は、話をする余裕などない。

先ほどと同じ席に腰を下ろした。

末永地域課長、榊原刑事課長、そして、木村盗犯係長の三人が、何やら真剣な表情で話し合っている。おそらく、当日の段取りを確認しているのだろう。

その様子を眺めながら、安積は言った。

「どうやって盗むつもりだろうな……」

両隣にいる、須田も水野も返事をしない。独り言だと思われたようだ。

「須田」

安積は言った。「おまえなら、どうやって盗む？」

「そうですね……。フィギュアはおそらく、透明なショーケースで展示されるでしょうね。そのショーケースの大きさは、最低でも一辺が三十センチの直方体か立方体……。たぶん、そのショーケースごと運び出すしかないでしょうね」

「だが、周囲には大勢の見物客がいるし、警察官も配置されている」

「ですからね、予告はしたものの、実際には盗むのは不可能なんじゃないかと思います。現場に来たところで手を出せないでしょう。結果的に、いたずらということになって終わりじゃないでしょうか」

「……だといいがな……」

「ただ……」

「ただ、何だ？」

「犯行予告が、アイドル声優のミニコンサートと同じ日だというのが、ひっかかるんですよね」

水野が須田に尋ねた。

「昨日もその話をしたわね。コンサートと窃盗と、どういう関係があるの？」

須田がこたえる。

「さあ……。わからない。直接の関係はないはずだけど、なんだか気になるんだよね」

夏休みの最中で、会場は若者や子供の姿が目立った。

雨は最悪だが、炎天下もこたえる。野外の張り込みは、へたをすると熱中症になる。

幸いその日は海風が吹いていて、暑さが多少和らいでいる。会場内には、大小色とりどりのテントがあり、捜査員や地域係員は、直射日光を避けることができる。

安積もテントが作る日陰に入り、イヤホンから流れる無線の声に耳を傾けていた。まだ、感度チェックと配置の確認をしただけだ。

「強行犯安積係長。こちら、強行犯須田です」

「須田、どうした？」

「現物の近くに行っていいですか？」

「持ち場を離れるな」

「その持ち場から、現物が見えているんですが、もう少し近寄りたいんです」

なるほど、役得か……。

「了解。近寄っていい」

「強行犯安積係長。こちら刑事課1」

刑事課1は、榊原課長のコールサインだ。署外活動系の無線なので、当然強行犯係だけでなく、課長や地域課の連中も聞いている。

「刑事課1。こちら、強行犯。どうぞ」

「須田は何か見つけたのか？」

「いえ……。単なる警戒措置だと思います」

「刑事課1、了解」

うまくごまかせた。それにしても、いつどのように犯行が始まるのだろう。安積は汗をぬぐい、人混み（ひとご）に眼をやった。


安積の位置からは、かなり遠くに展示物が見えている。須田が言ったとおり、四角いショーケースの中にフィギュアがあった。

その周囲は人だかりがしている。間違いなく、そのフィギュアがこのコーナーの目玉だった。

その人混みの中に須田の姿があった。彼は、ショーケースの中身に見入っているようだ。

安積は携帯電話を取り出して、須田にかけた。無線だと皆に会話を聞かれるからだ。

「あ、係長。何です？」

「貴重なフィギュアを見た感想はどうかと思ってな」

「いやあ。これ、すばらしい出来ですね。造型師の意気込みを感じます」

「盗まれないように気をつけないとな……」

「ええ、そうですね」

その時、展示物の近くにあるステージでＭＣの声が聞こえてきた。

「須田、ステージに気を取られていて、犯人を見逃すなよ」

「やだなあ、係長。俺、遊びにきているわけじゃないんですよ」

展示物の周囲にいた若者たちが、いっせいにステージのほうに移動した。アイドル声優が登場したのだ。須田が取り残されたように見えた。

イントロに続いて、ステージ上の声優が歌いはじめる。

「そこにいたら、目立ってしまうぞ。もう少し離れろ」

「わかりました。ステージ近くの人混みの中に入ります」

電話を切ろうとしたとき、ステージの前で何かが起きた。揉め事らしい。

「須田。何事だ？」

「えーと……。誰かが客席からステージに上がろうとしたようですね。それを止めようとした人たちと揉み合いになったようです。あっ」

須田が声を上げた。

その理由がすぐにわかった。制止を振り切って一人の若者がステージに上がるのが見えた。

歌声が途切れる。

アイドル声優は異常を察知したのだ。

須田の声が聞こえた。

「出演者を襲撃しようとしています」

安積は、無線で告げた。

「こちら、強行犯安積。ステージ上で襲撃。繰り返す、ステージ上で襲撃」

すぐに返答があった。

「強行犯相楽です。うちの者が対処します」

見ると、相楽班の連中がステージに現れた。たちまち暴漢を取り押さえる。さらに、一人が、出演者を確保して舞台袖に連れていった。

会場は大混乱だった。ファンたちは大騒ぎだ。

「係長、聞こえますか？」

須田との電話がまだつながっていた。

「ああ、出演者はだいじょうぶか？」

「ええ、対応が早かったので、怪我はないと思います」

「それは何よりだ」

「これ、陽動ですよ」

安積は、その言葉に驚いて聞き返した。

「陽動？」

「予告犯は、この騒ぎに乗じてフィギュアを盗むつもりなんだと思います」

「わかった。展示物から眼を離すな」

「了解」

電話を切ると安積は、再び無線で呼びかけた。

「刑事課1。こちら強行犯安積」

「安積。こちら刑事課1。いやあ、襲撃事件とは驚いたな」

「それが陽動作戦かもしれません」

「なるほど、了解。各局、ステージ襲撃は陽動の可能性あり。繰り返す。ステージ襲撃は……」

だが、会場の混乱がいつまでも続いているわけではない。出演者を心配するファンたちは、比較的おとなしく成り行きを見守っている。

やがて、ステージにMCが出て、ミニコンサートの中止を告げる。それでも、騒ぎ出す観客はいなかった。

再び会場がわいたのは、アイドル声優がステージに出てきて、怪我はないので心配ないとファンに告げたときだった。

拍手と歓声が上がる。

安積は無線を使った。

「強行犯須田。こちら安積。現場の様子はどうだ？」

「あ、えーと。比較的落ち着いていますね。コンサートが中止になったので、じきにファンたちも引きあげるんじゃないかと思います」

「強行犯安積、了解」

コンサートが中止になれば、会場の観客は減るだろう。まだ、展示物はそのままだ。

水野がそばにやってきて言った。

「騒ぎは収まったようですね。陽動が失敗だったということでしょうか」

安積はこたえた。

「俺もそれを考えていたところだ。犯行予告といい、ステージの襲撃といい、なんだかひどく稚拙な感じがするんだが……」

「その程度の犯人だということじゃないですか？」

「……だといいんだが……」

「あ、展示物を引っ込めるみたいですね」

水野に言われてそちらを見ると、たしかに警備員の制服を着た男が二人やってきて、ショーケースを持ち上げようとしている。

安積は言った。

「襲撃があったからな。安全を考慮した措置だろう」

「あるいは、陽動かもしれないという知らせが主催者に届いたのかもしれません」

「なんだかあの警備員たち、手際が悪いな。ショーケースを運ぶのに手間取っているみたいだ」

ショーケースは固定されている。それを外そうとしているらしいが、うまくいかないようだ。

彼らがようやくショーケースを持ち上げたとき、水野が声を上げた。

「あの制服、ちょっと変じゃないですか？」

「え……？」

「このイベントの警備会社を知ってますが、なんか、制服が違うみたいです」

安積は無線で確認した。

「各局、こちら強行犯安積。誰か、展示物撤収の話を聞いていますか?」

しばらく返事がない。

「安積、こちら刑事課1。撤収の話は聞いていない」

「各局。こちら強行犯安積。警備員らしい制服を着た二人組が、展示物を持ち去ろうとしています。確保願います」

「地域1、了解。当該二人組、目視しました」

しばらくすると、「確保」の知らせがあった。その声は須田に間違いなかった。

「名残惜しくて、ついていったんですよね。少しでも長く、見ていたいなと思いまして……」

須田が言った。「そしたら、係長のあの無線じゃないですか。俺、すぐに声をかけたんですよ。撤収ですかって」

警備員姿の二人組は、ショーケースを、路上に駐車していた車に運ぼうとしていたらしい。須田がそのことを指摘すると、すぐに会場から移送する予定だとこたえた。

ショーケースを持ったままなので、二人組は逃走することもできない。須田はさらに質問をする。

そうこうしているうちに、地域係の連中が駆けつけた。

まずショーケースを確保し、二人に事情を聞くことにした。取り調べをしたところ、二人のうちの一人が首謀者だということがわかった。

被疑者確保で、前線本部は解散。安積たちは、通常の仕事に戻ることができた。

「東京湾臨海署の名誉は無事に守られた。これも、ひとえに我が優秀なる署員の、見事な活躍のおかげだ」

朝礼の挨拶(あいさつ)で、野村署長はご機嫌だった。地域課の連中は、ほめられるよりも休みがほしいと思っているはずだ。緊配並みに駆り出され、明け番や週休が吹っ飛んだ係員も大勢いるはずだ。

朝礼が終わり、席に戻る途中、速水に会った。交機隊は警視庁本部の所属なので、臨海署の朝礼には出席しないのだ。

「俺が言ったとおり、安積班が大活躍したようだな」

「須田が展示物から離れようとしなかったんでな……」

「俺が言ったとおりになった」

「そうか?」

「相楽のやつが、また悔しがっているんじゃないのか?」

「傷害の現行犯逮捕で実績を稼いだから、相楽は機嫌がいい」

「傷害の現行犯?」

「展示物の近くでミニコンサートがあった。その出演者が襲撃されたんだ。相楽班が襲撃犯を押さえた。被害者はかすり傷程度の軽傷だが、傷害罪は成立する」

「その襲撃事件は、予告と関係があるのか？」

「もちろん。会場内で騒ぎが起きれば、安全確保のために、展示物を引っ込めようとするのも不自然じゃない。それで、警備員を装って運び出そうとしたんだ」

「用意周到というわけか」

「そう。相楽班も強行犯係としての仕事ができたわけだし、めでたしめでたしだな」

「署長に言ってやれよ。安積班がある限り、臨海署の名誉は任せてくださいって」

「死んでも言わない」


席に戻ると、すぐに課長に呼ばれた。

課長室に行くと、木村盗犯係長がいた。彼と目礼を交わすと、安積は榊原課長に言った。

「何でしょう？」

「ああ。木村係長が、一言礼を言いたいと言うんでな……」

木村係長が言った。

「今回は世話になった」

安積はこたえた。

「礼なんて、とんでもない。刑事課総動員なんだから、当然だろう」

その安積の言葉に、榊原課長が顔をしかめる。

「私だって、好きでああいう態勢にしたわけじゃない。署長がああだから、しょうがないじゃないか」

無事事件が解決したというのに、榊原課長はちっとも嬉しそうではなかった。彼は常に責任の重さに耐えているのだろう。

安積は榊原課長に言った。

「お察しします」

「他人事じゃないぞ、二人とも」

榊原課長が言う。「いつまでも係長でいられると思うな。課長になれば、この苦労が理解できる」

木村係長が言った。

「理解したくありませんね」

同感だと安積は思った。

そのとき、傷害の通報があったという無線が流れた。発生は臨海署管内だ。

「行ってきます」

安積はそう言うと、課長室を出た。すでに係員たちが出入り口に向かうのが見えた。安積はそのあとを追った。

実戦

1

通信指令センターからの無線を聞いて、安積は思わず顔を上げていた。

青海三丁目のコンテナ埠頭で、乱闘騒ぎになっているという通報があったという。

「乱闘だって……?」

安積はつぶやいた。昭和の、暴走族やツッパリが今よりずっと元気だった時代には、たまにそんなことがあった。

学校対抗で乱闘になるようなこともあった。「○○番長」とか、「○○ガキ大将」とかいう劇画が流行っており、少なからず少年や若者たちに影響を与えていた。

いや、劇画の影響で暴れていたわけではないだろう。時代の空気がそうだったのだ。だからそんな劇画が生まれたのだ。

村雨が、安積のつぶやきにこたえる。

「今どき珍しいですね。最近の不良たちは陰湿な傾向があるので、あまり表立って暴れたりはしないんですが……」

須田が、不器用に椅子をガチャガチャいわせて立ち上がった。

「俺と黒木で行ってきます」

村雨が驚いた顔で言った。

「強行犯係の出る幕じゃないだろう。地域課に任せておけばいい」

須田が村雨に言う。

「応援が必要だろう」

黒木がすでに出入り口に向かいかけており、立ち止まって、須田を待っている。

「乱闘なら、警備課が応援に行くよ」

「とにかく、行ってくるよ。傷害罪なら俺たちの仕事だ」

須田がよたよたと駆けていく。

「待て」

安積は言った。「俺も行く」

安積が立ち上がると、村雨があきれたような顔で言った。

「係長が臨場するんですか?」

「ああ。今どきどんなやつらが暴れているのか、この眼で確かめたい」

「じゃあ、自分らも行きますよ」

「いや、村雨は水野、桜井とともに待機。俺の留守中を頼む」

村雨は、苦笑を浮かべて言った。

「了解しました」

安積は、須田・黒木といっしょに刑事課の部屋を出た。

須田が言った。

「急を要しますよね。捜査車両で行きましょう」

「車両を使えるのか？」

「はい。任せてください」

玄関で待っていると、須田と黒木が乗ったメタリックグレーのセダンがやってきた。目立たないようにと、この色と型の車を覆面車として多用しているというが、今どきは、セダンが少数派なので、逆に目立ってしまうのではないかと、安積はいつも思っている。

安積が後部座席に乗り込むと、車はすぐに出発した。黒木がハンドルを握っている。

須田が確認するように言う。

「青海のコンテナ埠頭ですね？」

「そうだ」

「サイレン鳴らしますか？」

「いや、逃げられたくない」

「係長。乱闘が見たいんですね？」

「そういうわけじゃない」

そう言ったが、実は見たかった。

埠頭で乱闘。そう聞くだけで、何だかノスタルジックな気分になってくる。

「あそこですね」

運転席の黒木が言う。すでに、パトカーがやってきている。地域課の車ではない。V字型の赤色灯が高い位置にあるので、自動車警ら隊のパトカーだろう。

近づいていくと、リアウインドウに三桁の数字が書かれていたので、やはりそうかと安積は思った。「113」だ。

第一自動車警ら隊の十三号車ということだ。

地域課の連中は自転車でやってきていた。

地域課と自動車警ら隊、通称自ら隊の連中は、声を張り上げて制止しようとしている。

乱闘という言葉は大げさではなかった。男たちが入り乱れてつかみ合い、殴り合っている。若い男たちだ。少年も交じっているかもしれない。

咄嗟には数を把握できないが、十人はいる。その大半が血を流している。

もっとも、殴り合えば、唇を切ったり鼻血を出したりするので、すぐに血まみれになるものだ。

地域課と自ら隊が割って入ろうとするが、とにかく暴れている連中のほうが圧倒的に人数が多い。

「いやはや、これは……」

須田がそうつぶやいたとき、黒木が暴れている男たちのほうに歩き出した。

「おい、黒木」

安積は言った。「何をするつもりだ?」

黒木は一度振り返って言った。

「とにかく、騒ぎを押さえます」

「押さえるって、おまえ……」

黒木は安積と須田に背を向けると、歩き出した。そして、腰から伸縮式の警棒を取り出し、それを伸ばした。

「あいつ……」

安積は言った。「いつの間にあんなものを……」

須田がこたえる。

「いやあ……、相手が暴徒ですから……。あいつはそういうところ、そつがないですから」

黒木は殴り合っている二人の男の間に入った。そして、何も言わず相手の鎖骨のあたりを打ち据える。逮捕術の基本で打ち込む位置だ。

それだけで相手はひっくり返る。驚いてつかみかかろうとする相手の手首を打つ。見事な小手打ちだ。打たれた相手は痛みにのたうち回る。

黒木は、すたすたと歩を進め、次々と相手を打ち据えていく。

気がつくと、十人ほどの男たちが、地面に尻餅をついたり、うずくまったりしている。立っているのは黒木だけだった。

安積はその光景を見て唖然としていた。

「いったいこれは……」

須田が言った。

「なんせ、剣道五段ですからね」

安積は須田の顔を見た。

「剣道五段？　黒木がか？」

「あれ、係長、知りませんでした？」

「あー、そう言えばあいつ、そのことを周囲に隠してましたからね。言っちゃいけなかったのかな……」

「いや、しかし、いくら剣道五段だからといって、なかなかこんな真似ができるわけじゃないぞ」

　ふと須田が表情を曇らせた。

「これ、問題になったりしませんよね。過剰対応とか……」

　警察官の行動は、いくつかの法律で厳しく規定されている。地域課や自ら隊が手間取っていたのはそのせいもある。

　警察官が一般市民に暴力を振るったということが明らかになれば、たちまち処分されてしまう。柔道の猛者でもその技を思う存分使うことはできないし、拳銃を持っていても簡単には撃てない。

　安積が考えていると、誰かが声を上げた。

「刺されてるぞ」

　地域課の係員の声だった。

　安積は即座にそちらに駆けていった。

たしかに、黒木に打ち据えられて地面に座り込んだり、這いつくばったりしている連中に交じって、腹から血を流して倒れている人物がいた。

安積はその人物の様子を見た。出血がおびただしく、意識がない様子だ。

「救急車だ」

安積は地域課係員に言った。「そして、無線で署に報告してくれ」

須田と黒木がやってきて、安積といっしょに倒れている男を調べた。

須田が黒木に言った。

「おまえがやったわけじゃないよね」

「自分は刃物は持っていません」

黒木らしい生真面目な返答だと思った。

そのとき、地面に座り込んでいた若者の一人が言った。

「そいつを刺したやつは、向こうに逃げてったよ」

それを聞いたとたんに、黒木は走りだしていた。その判断力と行動力は誰にも真似できない。

普通なら、その証言の真偽を確かめようとするだろう。だが今は、それを問いただすより、駆けだすべきなのだ。

安積と須田も黒木のあとを追った。アスリートのようにしなやかに走る黒木との差は広がるばかりだ。

突然、黒木が立ち止まった。

ようやく彼に追いついて、安積は息を切らしながら言った。

「どうした?」

黒木の呼吸は乱れていない。

「何者かが車で逃走するのを見ました。車両は、黒のミニバンです」

「車に戻ろう」

安積は言った。「無線で連絡だ」

そのとき、ブレーキでタイヤがこすれる音がした。見ると、安積たちが乗っていたのと似たような車がすぐ近くに停(と)まっていた。

運転席の窓から顔を出したのは、交通機動隊の速水小隊長だった。

「よう。乱闘だって?」

「傷害事件だ」

安積はこたえた。「被疑者らしい人物が、今しがた車で逃走した。黒のミニバンだ」

「乗れよ、係長。そいつを追おう」

「俺たちも車で来ている」

「手分けしたほうがいい。そっちの車には須田と黒木が乗ればいい」

「無線が必要だ」

「これは覆面車だ。もちろん無線がついている」

迷ったり議論したりしている暇はなかった。安積は須田に言った。

「車に戻り、黒いミニバンを追いつつ、状況を無線で署に知らせてくれ」

「了解しました」

また、黒木が先に駆けだしていた。

安積が助手席に乗ると、速水はすぐに車を出した。

「その黒いミニバンは、どっちに行った？」

「黒木は青海三丁目の交差点のほうを指さしていたな」

「問題は、その先だ。交差点を、どっちに行ったか……」

いわゆる「青海縦貫道」を左に行けば、お台場の中心地に向かう。多くの商業施設やオフィスビル、放送局などがある。右に行けば、海底トンネルを通って、中央防波堤に出る。

安積は尋ねた。

「どっちに行くと思う？」

その問いにはこたえず、速水は言った。

「通信指令センターからだ。今起きた傷害について知らせている」

見ると、速水は受令機のイヤホンを付けている。広域の無線をそれで聞いているのだ。

車載無線が別系統の声を拾った。

「臨海ＰＳ。こちら、警視１１３。当該車両を捜索中」

自ら隊からの通信だ。先ほど乱闘現場にいたパトカーだ。

安積は驚いて尋ねた。

「これは、交機隊の覆面パトカーだよな？」

「そうだ」

「どうして地域系の無線を拾えるんだ？」

「乱闘騒ぎのことを知りたくてな。地域系に周波数を合わせていたんだ」

そして、速水は青海三丁目の交差点を右折した。それが先ほどの安積の質問に対するこたえだった。

無線から声が聞こえた。

「臨海ＰＳから各局。通信指令センターから緊急配備の要請。所定の配置につくように」

署からの呼びかけだ。

「緊配か……」

速水が言った。「地域課は災難だな」

「適切な処置だと思う」

緊配により、主に地域課係員が大量に動員され、あらかじめ決められた場所に配置される。彼らは署活系の無線で連絡を取り合うので、今、安積たちはそれを聞くことはできない。

安積は速水に尋ねた。

「この車のコールサインは？」

「一交機９」

安積は、車載無線のマイクを取り、言った。

「臨海ＰＳ。こちら一交機９、ただ今開局」

「一交機９。こちら臨海。誰です？」

「安積だ。一交機９に乗っている」

「了解。現在位置は？」

「青海縦貫道を中央防波堤方面に向かって走行中。第二航路海底トンネルにさしかかるところだ」

「臨海ＰＳ、了解」

安積は、マイクをフックに戻すと、速水に尋ねた。

「どうしてこっち方向を選んだんだ？」

「交差点で右折したのはなぜかという質問か？」

「そうだ」

「緊配で、地域課の係員たちが配置されるのは、ほとんどが左に行った先の賑（にぎ）やかな地域だろう」

「そうだろうな」

「機捜や自ら隊なんかも、そちらを捜索しているはずだ」

「ああ」

「だから、そっちはその連中に任せておけばいい」

「なるほど、手薄なほうに進んだというわけか」

「それにな……」

「それに、何だ？」

「やつらの考えそうなことはだいたいわかる」

「やつらって、逃走した被疑者のことか？」

「ああ。グレてるやつらだろう」

「何者かはまだわからない。十人くらいいたが、今頃(いまごろ)署に身柄を運ばれて、素性を訊(き)かれているだろう」

「十人検挙とはすごいな」

「黒木が、警棒でやっつけた」

速水が声を上げて笑った。

「さすがは、黒木だ」

「あいつが剣道五段だって、おまえ、知ってたか？」

安積が問うと、速水はうなずいた。

「もちろんだ」

「俺は、知らなかった。剣道が強いのは知っていたが……」

「俺は交機隊だからな。交機隊は何でも知っている」

「須田は知っていたらしい」

「ペアだからな。なんだ、おまえすねてるのか？」

「直属の上司なのに、そんなことも知らなかったのかと、ちょっと驚いているんだ」

「黒木が隠していたんだろう」

「隠していた？　なぜ？」

「さあな。本人に訊いてみればいい」

そのとき、安積の電話が振動した。村雨からだった。

「どうした？」

「係長。ちょっとした騒ぎになりましたね」

「ああ。今、速水の車で被疑者の行方を追っている」

「地域課が検挙してきた連中の尋問に、自分らも駆り出されました。やつら、ちょっとワルを気取っている若者で、半グレとかではなさそうです。ケツ持ちのマルBもいませんね」

「どうしてあんな乱闘騒ぎになったんだ？」

「何でも、誰かが誰かの女にちょっかいを出したとか、そういうことがきっかけのようです」

「刺された被害者はどうなった？」

「搬送先で死亡しました」

「傷害致死か……」

「殺意があれば殺人ということになりますね」

「わかった」

「自分らも捜査に参加します」

村雨、水野、桜井も、こちらの捜査に加わるということだ。

「任せる。おまえが指揮を執ってくれ」

「わかりました」

安積が電話を切ると、速水が言った。

「黒いミニバンだったな？」

「ああ」

「あれじゃないか？」

車道の先を行く車を見た。たしかに、黒い車がいた。

速水がリラックスした様子だし、運転が滑らかだったので実感がなかったが、今覆面車は猛烈なスピードで走行していた。もし検挙されたら、一発免停だ。

安積は尋ねた。

「ここはどの辺りだ？」

「東京港臨海道路を東に向かっている。もうじき、警視庁航空隊の江東飛行センターだ。その先に術科センターがあり、さらに行くと新木場交差点だ」

安積は無線のマイクを取って言った。

「臨海ＰＳ。こちらは一交機９」

「一交機９、どうぞ」

「当該車両らしい車を発見……。東京港臨海道路を東に走行中。警視庁航空隊江東飛行センター付近」

「臨海ＰＳ、了解」

それから、臨海署の担当者は、警視１１３や付近のパトカーに呼びかけ、こちらに向かうように指示した。

速水が言った。

「シートベルト、してるな？」

「もちろん、してるが……」

安積が返事をしたとたんに、速水はアクセルを踏み込んだ。

猛スピードで走行していた覆面車が、さらに加速した。それでも速水は、まるでドライブをしているようにくつろいで見える。

黒い車の後ろにぴたりとつける。

「赤色灯とかサイレンのスイッチはわかるか？」

「もちろんだ」

「やつが被疑者かどうか、確かめてみよう」

「わかった」

安積はルーフに自動的に出る赤色灯のスイッチを入れ、サイレンを鳴らした。

黒い車が加速した。逃げようとしている。速水が言った。

「間違いないな。こいつが犯人だ」

前の車を追いながらも、速水の体勢にまったく変化はなかった。彼は相変わらず余裕の表情だ。

2

無線から声が聞こえた。

「こちら、警視113。東京港臨海道路を走行中。赤色灯を点灯中の先行車両を目視。一交機9ですか？」

車がかなりの高速度で左折したので、サイドウインドウの上の手すりにつかまりながら、安積はこたえた。

「警視113。こちら、一交機9。ただ今、新木場交差点を左折。国道357、湾岸道路を羽田方向に走行中。当該車両と思われる黒い車を追尾している」

「一交機9。こちら警視113。そちらの車体および当該車両を目視しました」

速水が言った。

「こっちが相手の鼻先を押さえるから、横につけと言え」

「鼻先を押さえる？　どういうことだ？」

「相手の前に出るってことだ」

安積は、背筋が寒くなった。

速水の運転の腕を信じないわけではないが、今、おそらく車は百四十キロほどのスピードを出している。しかも、高速道路ではない。一般道なので赤信号もある。それを突っ切るのだ。

黒いミニバンは、明らかにこちらのサイレンを利用していた。つまり、交差点で一般車両が停止するので、信号を無視して突っ走っているのだ。

しかし、ここでびびっていても仕方がない。安積は言われたとおり、無線で自ら隊に指示をした。

「警視113、了解」

返ってきた言葉は自信なさそうだった。

安積は速水に言った。

「地域部の彼らに、交機隊並みの運転技術を期待しても無理だぞ。へたをしたら事故を起こす」

速水はほくそ笑んでいた。

「そりゃそうだ。交機隊は万能だからな。係長、無線の周波数を交通専務系に切り替えてくれ」

安積は、速水が言った無線周波数に合わせた。

「マイクをこっちに向けて、トークボタンを押してくれ」

言われたとおりにした。

すると、速水がマイクに向かって言った。

「こちら、一交機9。誰か聞いてるか?」

即座に応答があった。

「一交機9。こちら、一交機5。ヘッドっすか?」

「おう、一交機5。速水だ。今、緊配のマル対を追っている。国道357、湾岸道路を羽田方面に向かっている。現在地は、りんかい線東雲(しののめ)駅を通過したところだ。誰か応援に来い」

しばらく返答がない。速水に焦ったり苛立(いらだ)ったりする様子はない。しっかりとマル対の車両を見据えたまま、落ち着いた表情で返事を待つ。

やがて、声が返ってきた。

「一交機5、一交機3。向かいます」

「絶対に追いつけ」

それから、速水は、一般車両の間を縫うようにして、黒いミニバンの前に出ようとした。相手は車線を変更して、それを阻止しようとする。

こちらのフェンダーが相手の後部に触れそうになる。安積は目をつむりたくなった。体が左右に揺さぶられる。

速水が言った。

「いつだったか、こうやって走り屋を二人で追っかけたことがあったっけな」

「呑気(のんき)に思い出話をしているときか」

速水は鼻で笑うと、ハンドルとアクセルを操り、黒いミニバンの脇(わき)をすり抜けるようにして前に出た。

そして、徐々にスピードを落としていく。黒いミニバンはこちらの車を抜こうとしているようだが、速水がそれを許さない。

なるほど「鼻先を押さえる」というのはこういうことかと、安積は思った。

わずかにスピードが落ちたので、自ら隊の警視113が追いついた。言われたとおり、隣の車線で黒いミニバンに並ぼうとしている。

だが、時速百キロほどのスピードだ。うまく横につけることができずにいる。

そのとき、どこからともなくパトカーが二台現れた。まさに、「どこからともなく」と安積は感じた。

交通専務系に合わせたままの無線機から声が聞こえた。

「一交機9。こちら一交機5。そちらを視認しました。ヘッド、なんか危なっかしいのがいるんすけど……」

「係長」

速水が言った。「地域系に周波数を戻して、自ら隊に下がるように言ってくれ」

安積は周波数を変え、無線で言った。

「警視113。こちら、一交機9。ここは交機隊に任せて、下がってくれ」

「一交機9。警視113、了解。下がります」

自ら隊のパトカーが減速して後方に遠ざかっていった。入れ代わるようにして、パトカー二台が前に出る。

安積は、無線をまた交通専務系に戻す。そのとたんに、声が聞こえた。

「ヘッド、囲みますか?」

安積は速水にマイクを向けてトークボタンを押した。速水が言った。

「ああ。それでいこう」

それから彼らは、見事な連係プレイを披露した。無線は使わない。会話などなくても、意思の疎通ができるらしい。

対象車の前には、速水の覆面車。そして、脇と後ろにパトカーがついた。まさに「囲んだ」状態だ。

おそらく黒いミニバンの運転手は生きた心地がしないだろうと、安積は思った。

その状態をキープしたまま、次第にスピードを落としていく。

最後尾のパトカーが拡声器で呼びかけた。

「さーて、運転手さん。そろそろ停止しましょうか」

もう抵抗のしようがない。運転手はそう考えたのだろう。ほどなく黒いミニバンは左側に寄った。そして、ついに停止した。

安積が乗った覆面車も停まっていた。安積は、ずいぶん昔のことだが、ジェットコースターに乗ったときの気分を思い出していた。

速水は両腕をハンドルにかけ、体を預けていた。そして言った。

「係長。報告したほうがいいんじゃないのか？」

安積は気を取り直し、無線のマイクを握った。

「臨海ＰＳ。こちらは一交機９。対象の車両を確保。現在地、国道３５７路上、環七との交差点近く。繰り返す、現在地……」

身柄確保されたのは、矢口徹、二十二歳。村雨が言ったように、組織的な背後関係はない。遊び仲間と酒を飲んでふざけ合う。そんな、どこにでもいる若者だ。ただ、多少素行は悪かったらしい。

十代の頃は、仲間とつるんで暴走族まがいのこともやっていたようだ。その仲間の一人の交際相手に手を出したやつがいた。

村雨が説明したとおりだった。

そいつを呼び出したところ、仲間を連れて来た。そんな状態で話し合いなど成立するはずもなく、結局、五対五の乱闘になったわけだ。

矢口徹は、したたか殴られ興奮し、なおかつ恐怖に駆られて、持っていたナイフで相手を刺したのだという。

喧嘩での刃傷沙汰は、怪我で済むことが多いが、今回は運が悪かった。

村雨が安積に確認した。

「送検しますが、罪状は傷害致死でいいですね？」

「ああ。それでいい」

これで一件落着だと思った。

矢口を送検した日の午後、安積は署の一階の廊下で速水に会った。

「よう、係長。この前は楽しかったな。また、車に乗せてやるぞ」

「冗談じゃない」

安積は言った。「もうこりごりだ」

速水が声を落とした。

「ところで、聞いたか?」

「何をだ?」

「黒木のことだ」

「黒木のこと……?」

「乱闘の制圧。大活躍だったんだろう?」

「ああ……」

「それを上のほうで問題視しているらしい」

「何だって……」

「服務規程違反ということだろう。過剰な対応だったと……」

相手は約十人。地域課と自ら隊の連中は手をこまねいていた。

ほぼ、黒木一人で制圧したようなものだ。そんな状況で、過剰対応もへったくれもない。

安積はそう思った。問題視する幹部がいるのだとしたら、目の前でそのことをはっきりと言ってやるつもりだった。

速水は言った。

「そんな顔をするな」

「俺がどんな顔をしてるというんだ？」

「相手が警視総監でも嚙みつきそうな顔だ」

「もちろん、そのつもりだ」

「いいか。事を荒立てるな」

「言うべきことは言う」

「おまえは、部下のことになると我を忘れる」

「理不尽なことが許せないだけだ」

「いいから頭を冷やせ。俺だって、黒木がやったことは間違いじゃないと思っている。もっとも、この眼で見たわけじゃないがな……」

「送検された矢口は刃物を持っていた。他のやつも所持していたかもしれない。黒木が制圧しなければ、さらに死傷者が出たかもしれないんだ」

「わかってる」

安積は一つ大きく深呼吸をした。

たしかに、速水が言うとおり、事を荒立てたところで何もいいことはない。できるだけ冷静に事情を説明するべきなのだ。

安積は言った。

「とにかく、沙汰を待つことにする」

野村署長から呼び出しがあったのは、その日の夕刻だった。

署長室には副署長と警務課長もいた。

安積は、署長席の前で気をつけをして言葉を待っていた。

野村署長が言った。

「おい、安積係長。そんなにしゃちほこ張るなよ」

「は……」

「話というのはな、黒木のことだ」

来たな。安積はそう思った。何を言われても反論できるように、頭の中で何度もシミュレーションをしてあった。

「はい」

「聞くところによると、剣道五段なんだそうだな」

「そうらしいです」

「そうらしいって……。君は知らなかったのか？」

「先日のことがあるまで知りませんでした」

「先日のこと……？　十人ほどの暴徒を制圧した件だな」

「はい」

「たいした腕だ」

「制圧した相手の怪我は軽微で、もし黒木がやらなければ、もっとたいへんなことに……」

「今度、署対抗の練習試合がある」

「ですから、黒木がやったことは……」

そこまで言って、安積は聞き返した。「は……？　練習試合？」

野村署長がうなずいた。

「そうだ。剣道の練習試合だ。相手は品川署だ。この練習試合で成果を発揮すれば、ゆくゆくは全国警察剣道選手権大会に出場するのも夢ではない」

安積は、唖然とした。

副署長が言った。

「もちろん、全国大会に出場できるのは、ほぼ特練の連中だけだが……」

剣道特練は、剣道の実力を見込まれて採用され、ひたすら稽古に明け暮れ、将来は指導者を目指すスペシャリストだ。

「特練以外の者が全国大会に出場するのは、夢のまた夢だ。だが、五段ともなれば、その夢が叶えられるかもしれないんだ」

「あ、あの……」

安積は言った。「お話というのは、剣道大会のことなんですか？」

「そうだよ。そう言ってるじゃないか」

「いや、私はてっきり……」

「いえ。何でもありません」

ここでよけいなことを言ったら、藪蛇になりかねない。

野村署長が腕組をした。

「うちの署は、品川署に勝ったことがない。黒木が出ていれば、事情は変わっていたはずだ」

刑事など専務の者が術科の大会に出るのは難しい。

野村署長の話が続いた。

「そこでだ。今度の練習試合には、ぜひ黒木に出場してもらいたい。どうだろう?」

「どうだろうと言われましても……」

「君から意向を訊いてもらいたい」

「意向を訊く」などと言っているが、署長からこんなことを言われると、断るのは難しい。ほとんど命令に近いと、安積は思った。

「わかりました」

そうこたえるしかなかった。「黒木と話をしてみます」

副署長が言った。

「実力を試せるいい機会だ」

さらに、警務課長が言った。

「署の名誉のためだよ、安積君」

退出しようとすると、野村署長が言った。

「しかしなあ……。どうして黒木が五段だって、誰も知らなかったんだ?」

須田や速水は知っていたのだが、それをここで言う必要はないと、安積は思った。

「本人が周囲に隠していたようです」

「それはなぜだ?」

「さあ……」

安積はこたえた。「なぜでしょう」

3

とにかく、黒木の乱闘制圧の件を咎(とが)められなくてよかったと、安積は思った。速水の情報も当てにならない。

しかし、黒木が練習試合出場を承諾するだろうか。それが気がかりだった。

まあ、とにかく本人に訊いてみることだ。席に戻ると、安積は黒木を小会議室に連れていき、署長の話をつたえた。

黒木は背筋をぴんと伸ばしたままこたえた。

「出るのはかまいませんが、署長のご期待にそえるかどうか、わかりません」

「剣道五段なんだろう?」

「試合というのは、そんなに甘いものではないと思います。名目上の段位よりも、稽古量がものを言う世界です」

「それはわかるが、とにかく署長や幹部たちがそう言ってるんだから……」

「自分が断れば、係長が板挟みになるのですね」

「俺のことはどうでもいい」

「わかりました。練習試合には出ます」

「そうか。署長が喜ぶ」

「ただし、結果は保証できません」

安積はうなずいた。

「それでいい。ところで……」

「何でしょう？」

「俺はおまえが剣道五段だとは知らなかった。須田以外の係員たちも知らないと思う」

「はい。須田チョウ以外の人には言っていません」

「隠していたのか？」

「はい。秘密にしていました」

「なぜだ？」

「刑事になりたかったからです」

「そうか。剣道五段ともなれば、特練や武道専科に引っぱられかねない。そうなれば、配属先は機動隊ということになる」

「ですから、巡査拝命のときから段位については何も言いませんでした。さらに自分は、試合の技術ではなく、実戦にこだわりたいと考えています」

「試合と実戦は違うということか？」

「試合には試合の難しさがあります。ですから稽古が必要なのです。自分は、試合で勝つことより、刑事として剣道を役立てることを常に考えています」

その話を聞きながら、安積は速水の運転技術を思い出していた。リラックスした姿勢で高等運転技術を難なくこなす。あれこそが警察官としての実戦だ。

そして、黒木の制圧の技術も同様だ。

安積は言った。

「おまえがやったことは、その言葉を充分に裏付けている。たいした怪我もさせずに、十人もの乱闘を一人で制圧するなんて、なかなかできることじゃない」

「でも、きっと試合には勝てません。全国大会に出るなんて、そんなことを口にするだけでも特練の連中に失礼です」

その言葉は、黒木の謙虚さを物語っており、同時に戦う者の実感でもあるのだろう。

「わかった。練習試合は出るだけで充分だ。勝つ必要はない。話は以上だ」

「はい。失礼します」

黒木は席を立って、部屋を出ていった。その後ろ姿を見ながら、安積は思った。

あんなことを言いながら、こいつは試合で勝ち進むんじゃないだろうか。そんな期待感を持たせてくれる。

黒木の剣道の実力も、刑事としての可能性も、まだまだ未知数だ。

初出

「公務」　ランティエ（2020年8月号）
「暮鐘」　ランティエ（2020年9月号）
「別館」　ランティエ（2020年10月号）
「確保」　ランティエ（2020年11月号）
「大物」　ランティエ（2020年12月号）
「予断」　ランティエ（2021年1月号）
「部長」　ランティエ（2021年2月号）
「防犯」　ランティエ（2021年3月号）
「予告」　ランティエ（2021年4月号）
「実戦」　ランティエ（2021年5月号）

著者略歴

今野敏（こんの・びん）
1955年北海道生まれ。上智大学在学中の78年に『怪物が街にやってくる』で問題小説新人賞を受賞。卒業後、レコード会社勤務を経て、専業作家に。2006年、『隠蔽捜査』で吉川英治文学新人賞、08年『果断 隠蔽捜査2』で山本周五郎賞、日本推理作家協会賞受賞。17年「隠蔽捜査」シリーズで吉川英治文庫賞を受賞。小社刊に『潮流』『サーベル警視庁』『道標』『帝都争乱 サーベル警視庁②』などがある。

Kadokawa Haruki Corporation

今野敏

暮鐘（ぼしょう） 東京湾臨海署安積班（とうきょうわんりんかいしょあずみはん）

＊

2021年8月18日第一刷発行

発行者 角川春樹
発行所 株式会社 角川春樹事務所
〒102-0074 東京都千代田区九段南2-1-30 イタリア文化会館ビル
電話03-3263-5881（営業） 03-3263-5247（編集）
印刷・製本 中央精版印刷株式会社

ISBN978-4-7584-1387-9 C0093
http://www.kadokawaharuki.co.jp/